聂鑫森 / 著

微型小说名家系列

百姓

BAIXING

YINGXIANG

影像

百花洲文艺出版社
BAIHUAZHOU LITERATURE AND ART PRESS

图书在版编目（CIP）数据

百姓影像 / 聂鑫森著. -- 南昌：百花洲文艺出版社，2024.10

ISBN 978-7-5500-5650-3

Ⅰ. ①百… Ⅱ. ①聂… Ⅲ. ①小小说 - 小说集 - 中国 - 当代 Ⅳ. ①I247.82

中国国家版本馆CIP数据核字（2024）第099754号

百姓影像

聂鑫森　著

出 版 人	陈　波
总 策 划	张　越
责 任 编 辑	李梦琦
书 籍 设 计	方　方
制　　作	周璐敏
出 版 发 行	百花洲文艺出版社
社　　址	南昌市红谷滩区世贸路898号博能中心一期A座20楼
邮　　编	330038
经　　销	全国新华书店
印　　刷	湖北金港彩印有限公司
开　　本	889 mm×1194 mm 1/32　　印张 7.125
版　　次	2024年10月第1版
印　　次	2024年10月第1次印刷
字　　数	155千字
书　　号	ISBN 978-7-5500-5650-3
定　　价	38.00元

赣版权登字 05-2024-262

邮购联系　0791-86895108

网　　址　http://www.bhzwy.com

图书若有印装错误，影响阅读，可与承印厂联系调换。

目 录

斜阳外 / 001

壶　友 / 006

别有洞天 / 010

乡村女教师 / 014

校友汪一成的即兴演讲 / 018

名师高徒 / 022

葫芦谣 / 027

卖莲蓬 / 032

晒秋图 / 038

忧乐行 / 041

家山情 / 046

一街香羊肉馆 / 050

史　证 / 054

方　言 / 058

冷　松 / 063

老人与马 / 068

望星空 / 073

明月家国图 / 077

于家的拔步床 / 081

中秋夜 / 085

画　眉 / 089

聂　耽 / 094

暗　记 / 099

天上掉下个美人瓶 / 102

炒　饭 / 106

治　印 / 110

赠　印 / 114

吉先生 / 117

戒　酒 / 120

永远的鹤 / 124

玩　家 / 127

怀念一种声音 / 132

刻碑名手 / 136

名鼓师 / 140

男　旦 / 144

夜访记 / 148

墨竹图 / 152

琥珀手链 / 156

最后的绝招 / 160

郁剪剪 / 164

最后的核雕 / 168

择　邻 / 173

配　角 / 178

龙　票 / 181

地　锦 / 185

时间存折 / 189

星　妈 / 193

凤凰沱江夜 / 197

翦　剪 / 202

金络渡 / 206

后　记 / 210

斜阳外

《百家姓》里有这个姓："钭"。但在生活中却很少碰到姓"钭"的人。而在湘楚市远郊的盘龙镇卧龙村，却有一位退休的乡村教师叫钭阳外。

他曾在一所乡村中学教语文，为人谦和，说话还风趣，又腹笥丰盈，深受学生爱戴、同事崇敬。为新生上第一课，他的开场白必是："我叫钭阳外，'钭'与量具的'斗'谐音，与"斜"字形状有点相似，千万别念成斜阳外！"其实，父母给他起的姓名是钭阳生，他后来改为钭阳外，就因为"钭"乍一见像"斜"，而古诗词里关于"斜阳外"的句子很多，如"斜阳外，寒鸦万点，流水绕孤村"，就很美。同事们就干脆叫他斜阳外，还说这可以作为他的号，古人有这个例证。

钭阳外退休五年了。

钭家小院很安静，出出进进就两个人：钭阳外和他的妻子张定珠。一儿一女大学毕业后，工作、安家于湘楚市，又有了自己的儿女，都成了城里人。老两口都很闲，水田、山地流转入股了村办合作社，年终可以大大方方分红，他们也没有去什么专业组上班领工资，除了侍弄自家的菜园子就没别的事了。

张定珠觉得一身的力气可惜了。钭阳外说："我有退休工资，儿女们也不缺钱，再说各个专业都基本满员了，你还去和乡邻们争食？我们可以栽花种草，轻轻松松过日子呀。”

“就是太冷清了。唉。”

“儿孙们不是隔一段日子就开车来了？好饭好菜地款待他们，然后他们把我们准备好的蔬菜、水果带回去，几多开心。”

“他们一人一部手机，眼珠子都掉进屏幕里了，连跟我们说话的时间都要节约，这是得的什么病？”

“无手机恐惧症！”

“他们有手机呀。”

“西班牙的一位学者玛丽娜·费尔南德斯·安杜哈尔说，无手机恐惧症是指一个人因没有手机而担心与社会、他人或工作、生活断开联系的非理性恐惧心理，于是，拿着手机没完没了地看。据这个西方人用大数据推算，人们平均每天使用手机查询信息五十次到一百次，有的晚上睡觉也不关手机，早上醒来的头等大事就是看手机。”

“唉——”张定珠长长地叹了一口气。

因卧龙村的各家小院散立在风光秀丽的卧龙冈各处，村委会就号召开发乡村假日休闲的旅游项目，让各家的院子变成旅馆、饭店。村委会建起网站，介绍卧龙冈的风景、物产及各个农家院的情况，游客可在网上预订食宿和购物。

张定珠说：“老钭，这个活计，我们不能放过。”

“行。院名为‘斜阳外’，广告词是‘斜阳外，流水绕孤村’。我们家门前，不是有一条水渠吗？”

“要得！”

"来我家食宿的客人，先与我在网上交谈。我有条件，不是人人都可以来的。"

"明码标价，不赊账，不跑单？"

"俗！来此不仅是食宿，还是息心养气。先交手机代为保管，走时再退还。"

"儿孙们来呢？"

"也是这个条件，否则——可以不来！"

……

仲秋的钭家小院真的很漂亮。院门上方嵌着一块横额，没有上漆，用毛笔写了三个隶字"斜阳外"，是斜阳外的手迹。院子里左右各有一株粗壮的桂树，开着朱砂色和金黄色的花，香气很浓郁。墙角的一个水池里，浮着几片睡莲叶，立着几朵粉红色的花。斜靠着围墙的是一排竹篱架，一蓬一蓬的三齿绿叶间，拥拥挤挤开着猩红、湛蓝的牵牛花。院子后端的主屋是一栋两层的砖木楼房，有堂屋、卧室、书房、厨房、杂物间之属。堂屋两边各有一间厢房，内有卧室、卫生间，是供客人住的。其实主屋楼上还有房间，可作客人的卧室。钭阳外对妻子说："一次只接待两个或两家客人，多了就不安静了。"

夕阳西斜时，钭家小院来的第一个客人是夏芒，一个三十岁还没成家的年轻人，人长得很帅，是一家私营日用瓷厂的厂长，在这里住五天。

夏芒犹犹豫豫地交出手机，很不舍的样子。

"小夏，我把你的手机关了，保存好，放心吧。你的小车停在村口的停车坪，绝对安全。有什么大事，你的办公室主任会打我的手机。"

"你的手机号是我告诉他的。这段日子，手机总追着我响，烦死了。仓库里的存货，但愿部下能尽快找到买主。欠供应原材料单位的钱，暂时还不了。申请低利息贷款，还在走程序，唉。"

"小夏，你先去洗个澡，过会儿就吃晚餐了。白天你可以去看风景，可以到堂屋里喝茶聊天，或者在卧室里看书，书架上摆的是我的一些藏书。"

夏芒突然发现主屋檐下的横木上拴着一根尺把长的绳子，绳子尾端系着一块小木板，在细微的风里不停地转动。他问："铎老师，这是做什么用的？"

"这是一句佛家的话：绳未断，自打转。"

夏芒茫然地望着铎阳外，不知是什么意思。

一眨眼就过去了三天。

夏芒觉得每个白天每个夜晚都过得很慢。他想问铎老师，厂办主任是否有消息发到铎阳外的手机上，但又强忍着把话咽进肚里。

夏芒发现天刚破晓，铎老师就静静地坐在牵牛花篱架前了。他也悄悄地站在旁边，看一个一个的细管状的花苞，迎着曙光缓缓地绽开。铎阳外忽然说："你静下心听，花开是有声音的。"夏芒听了又听，没有任何声音。

夜晚的月光下，他们坐在水池边聊天，看池中的几尾小鲫鱼戏耍落在水面的桂花瓣。夏芒问："它们在嚼桂花吗？"铎阳外怡然一笑，说："水清鱼嚼月，五脏六腑都通明透亮了。"夏芒弯下腰去细看，又马上下意识地去摸口袋，生怕手机滑溜出来掉进水里。斜阳外说："你心里还有一台手机，忘不了呵。"

第四天的早餐后，夏芒鼓足勇气对两位老人说："我得回去了，厂里事多哩。每天的食宿费是三十元，我按五天交满。谢谢你们。"

斜阳外哈哈一笑，说："你已经很有耐心了，你陪了我三天，又没用手机，这次就免单。我相信你还会来的。手机完璧归赵，开车回去别心急，祝一路平安。"

夏芒的脸蓦地红了。

六天后，斜阳外的手机响了，是夏芒打来的。

"斜老师，厂里的贷款到账了。欠的债还了，原料也马上来了。仓库的存货因工商联牵线，都卖空了。其实，我住完五天回厂，也同样是这结果，与手机有什么关系？你屋檐下绳系的小木板，现在我明白它的意思了！过几天是双休日，我再来斜阳外！"

"欢迎！欢迎！"

壶　友

古城湘潭的老少爷们喜欢喝茶，而且喜欢去茶馆喝茶。古人说茶须静品，老百姓图的却是茶馆的热闹。

喝茶最好的地方是雨湖八仙桥附近的"七碗茶街"。

"七碗茶"是个典故，又称"卢仝七碗"。唐代诗人卢仝有一首诗叫《走笔谢孟谏议寄新茶》，此中写了品饮名茶从一碗到六碗的奇妙感受，而第七碗茶就无须再喝了，"唯觉两腋习习清风生"。

"七碗茶街"的茶馆大大小小有十几家，从早到晚茶烟飘香。还有卖各种名茶、粗茶的店铺，红、绿、青、黄、白，品种俱全。当然，少不了卖茶具的去处，炉、壶、碗、碟、杯，什么材质什么器型的都有。但专卖紫砂壶的，只有一家，叫"把持紫砂壶店"。紫砂壶大多小巧玲珑，用手把持着饮啜和玩赏，这个店名很有意思。紫砂壶来自江苏陶都宜兴的工厂和作坊，有珍品也有普用品，可以各取所需。

"把持紫砂壶店"的老板，是年过半百的江井泉。他平头、窄肩、瘦长脸，脸上总浮着亲和的笑，说话的声音很温润。

店子的门脸不宽，店堂也不大。隶书的店名横额和行书的木板门联，都是深紫底色衬出的绿色字，字好，色调很古朴。联语是江井泉所拟："把一壶春色；持几缕书香。"不但嵌入了店名，还有引人遐想的意味，也可见出他是一个腹笥丰厚的人。

有人说店子的格局有点像茶馆。店子里不设柜台，三面靠墙的是结构简约的货架，或圆或方或扇形的格眼里，摆放着各种品类的紫砂壶。货架边放置着几个大陶盆，茶水里泡着一把一把的紫砂壶。店堂中间放着两张八仙桌和长板凳，桌上摆着茶壶、茶杯和随时可生火煮茶的竹篾小茶炉。

来的都是壶友，他们喜欢收藏紫砂壶或酷爱用紫砂壶饮茶，有老也有少，说说笑笑，很开心。江井泉热情款待客人，自己也手持一把古香古色的紫砂壶，坐在桌子边，一边认真地听，一边小口地啜茶。

有人问："江老板，我爱喝红茶，该选什么壶形？"

江井泉说："紫砂壶的长处，是沏茶不走味，耐热性能优，端和提都不烫手。一般来说，沏红茶宜用壶身偏高的壶；沏乌龙茶，可选壶身偏小的壶；沏绿茶，可用壶形偏矮的中型壶。"

又有人问："养壶是好好收藏让它不磕不碰，还是天天用它喝茶呢？"

江井泉笑了，说："一只好紫砂壶舍不得用，供在博古架上，只是一个没有生命的古玩。紫砂壶的精气神，是靠饮者常年用，把持、擦拭、沏泡、啜饮，人壶有缘，互为欣赏与受益，壶才有了雅逸的品格与灵性。这才是真正的养壶之道。"

"贵店不是有代人养壶的项目吗？由江老板代养，一天付十元，不也是一种养壶法吗？陶盆里总是挤满了壶！"

江井泉冷眼一瞥货架边的陶盆，淡淡地说："壶主多是有来头的人物，有钱却无闲，在本店买了中意的壶，再交给我代养，晨起用滚水烫壶，再用温水擦拭壶里壶外，然后清水洗壶，放入主人钟情的茶叶沏泡。两个小时后倒掉茶叶，置于陶盆的茶水中浸泡。养得稍可入眼，短的三个月，长的半年，直到壶主来取走。代养毕竟是代养，与亲养是两回事，壶与人不是零距离时时接触，情未通，意未联，只是得个'养'过的名声罢了。"

"江老板高见，请帮我选把喝乌龙茶的壶，我回去一定好好亲养，就不劳你费神了。"

"这话我喜欢听。"

……

三伏天。星期六上午。

几个壶友聚在紫砂壶店，赏壶、购壶后，与江井泉一起坐在八仙桌边喝茶、聊天。

一个三十岁出头的小伙子，拎着一个式样新潮的羊皮提包走进了店堂。

江井泉赶快站起来，迎上去，说："是小简呵，小别有一个月了，稀客、稀客。"

"江老板好记性。我叫简恒。"

"你在敝店买过四只上品紫砂壶……"

简恒打断江井泉的话，说："我把它们养了一个月，想请你过过眼。"

"愿一饱眼福。"

江井泉清楚地记得，简恒来买壶时，店里就只他们两人。简恒是本地一所大学的物理系的青年教师，马上要评职称了，想买几只好壶送给几位爱喝茶的领导和导师，希望能由讲师顺利地评上副教授。

简恒打开提包，掏出四个锦盒，再从锦盒中拿出紫砂壶摆在桌上，脸上的表情有些得意。

江井泉把四只壶轮番看过，说："壶体光亮，好看，却是速养出来的，这种光亮叫'和尚光'。"

"我想让壶身有岁月形成的温润，中看。"

"你是用沾油的手和沾油的棉纱，在壶身反复触摸和擦拭，便使其快速拥有了一层浮光。而温润的光亮是从内往外透的，是长年累月用手摩挲、用嘴啜饮、用茶水浸泡出来的，那是岁月之光，有恒定的价值。"

"难道'和尚光'容易褪去？请江老板让我开开眼界。"简恒的嘴角叼起一丝冷笑。

江井泉说："好吧。既然你的领导和导师是懂茶懂壶的内行，不如让我来先破局，也可免去你送壶时的尴尬。"说完，他寻出一块白纱布，倒上几滴清洁剂，把四只壶的外表擦拭一遍。壶身的浮光随即褪去，露出一块一块的垢疤，难看如癞痢头。

简恒羞愧得脸色乍红乍白。

"小简，这养壶如同你们做学问，得慢慢来，让学力一点一点增进，够格了，人家肯定认可，送不送壶不是紧要的事。"

简恒长长地叹了一口气。

"这壶我原价收回吧。你别担心，我有办法让壶恢复原样，然后再花时间来养壶就是。"

"谢谢……江老板……"

别有洞天

这个村叫洞天村，这个村民办的家庭旅社叫洞天人家。

凌丁和华劳在国庆长假前，从网上搜索，再由华劳拍板，赶忙订餐订房间。从株洲开车到这里，先是高速公路，继而乡村公路，花了三个小时。这里是炎陵县的边地，再过去就是江西省了。

凌丁问妻子为什么独选洞天村。

华劳说："这是个脱贫致富的村子，到处种的是黄桃、奈李、无花果、葡萄、茶叶，好山好水，吸一口空气，肺腑皆香。我们去乡村旅游，也是一种休养。"

"就这些吗？"

"还有……还有……一位名中医，是个老太太，退休后回老家定居，兼义务为人看病，开方灵验哩。"

凌丁笑了笑，说："我愿为夫人当好司机和保镖。"

凌丁三十二岁，供职于民政局的信访办。华劳三十岁，是长途汽车站问讯窗口的值班员。他们结婚四年了，还没有孩子。

凌丁私下里认为华劳老怀不上孩子，其一是身体虚弱，瘦得太有骨感了，立如苇草，行如风柳，吃啥都没味道，还眼目含愁，多运动一下便喘。中医、西医看了不少，药也没停过，华劳依旧是个病秧子模样。其二是说话太多，白天在长途汽车站的问讯窗口上班，得回答多少问题？回到家里嘴也不肯歇着，成了一种惯性。特别是上床睡觉时，她有失眠的毛病，就拿凌丁当听众，天上人间、五洲十国，说到哪里是哪里，没有两个小时不足以尽兴。凌丁总是在她的唠叨中，不知不觉地进入梦乡。说话太多，怎不损耗元气？

华劳常自嘲："我这姓名就决定我是'话痨'，而夫君的姓名，谐音'聆听'，这辈子只能是我说你听了。"

凌丁说："我很乐意。"

十月一日凌晨五点，由凌丁开车，载着华劳一路东行，八点多钟就到了目的地。

旅社主人是一对老年夫妇，男的姓郭，女的也姓郭，很慈祥，也很健朗。当他们的小车驶进院子时，男主人特意放了一挂迎客爆竹，一地落红无数；女主人端着茶盘，走上前送"洗尘茶"。华劳的眼里涌出了感动的泪水，连声说"谢谢"。

华劳忽然发现，院子一侧几棵桑树的枝杈上，栖息着一只只鸡，有公鸡也有母鸡，便问它们是怎么上去的。

"飞上去的。这种土鸡叫上树鸡，肉香肉紧，好吃得很哩。"男主人说。

风里飘来果香，华劳鼻翼翕动，像个小孩子一样，脸上浮现出俏丽的笑。

"我想提个竹篮去摘果子。"

"我几个儿子家的果园就在附近，你想怎么摘就怎么摘。"女主人说。

"摘了我付钱，晚上放在住房里闻香。"

"姑娘好兴致。"

"听说村里有个女中医，我想下午去看看她，麻烦大妈领个路。"

"行！"

……

这一天过得飞快。夕阳西下时，他们回到洞天人家。

中午用餐时，菜不错，炖土鸡、炸泥鳅、炒鸡杂、小炒肉，还有红苋菜和熘丝瓜。凌丁吃得肚子圆滚滚的，华劳只是稍微动了几下筷子，依旧食欲不振。但下午她让女中医看过病后，也没见配什么药，精气神忽然旺了许多，一进院子，就急急地说："快端菜上桌，我饿了，饿得喉咙里要伸出手来！"

给华劳看病的女中医，一头白发，虽年近古稀，说话却元气充沛。她叫凌丁在堂屋里坐着喝茶，只让华劳进了里面的诊室，并关上了门。至于怎么为华劳切脉，问了些什么说了些什么，或者当场让华劳吃了什么药，凌丁一概不知。

这顿晚饭，华劳吃得兴致勃勃，吃了两小碗饭，土鸡汤、土鸡肉也各吃了一小碗，放下筷子，赞叹一声："这上树鸡真是人间美味！"

到夜里九点钟，两人洗漱罢，便上床去，并排斜靠在床头。桌上放着一小篮黄桃、无花果、葡萄，香气四溢。凌丁想，华劳该打开话匣子了，谈摘果的愉悦，更要谈女中医怎么给她看病。

华劳一直微微闭着眼，紧紧地依偎着凌丁，什么话也不说。

"我在竖起耳朵听哩，你不说点什么？"

华劳把一个手指竖在嘴边，轻轻"嘘"了一声，细声细气地说："听，鸟声、虫声、泉水声，让它们去说吧。我累了……"

又过了一阵，华劳响起了轻微的鼾声。

凌丁却在清凉如水的夜气中，了无睡意。长久以来，华劳的唠叨，就是他的催眠曲。没有了催眠曲，他心里空落落的。他捻熄了床头灯，静静地胡思乱想，直到凌晨三点钟才勉强睡着。

一连六个夜晚，都是如此。

这个洞天村，真是洞天福地，让华劳玩得好吃得好睡得好，再不是愁眉忧目，说话也变得"节约"起来。是不是那个女中医给她指点了什么养生的妙招？他问过华劳，可华劳只是掩口轻笑，秘而不宣。但凌丁感到高兴，这次来洞天村，值！他知道自己的失眠，不过是条件反射而已，很快就会过去的。

临回株洲时，华劳向郭家买了许多吃的东西：十只土鸡、五只土鸭、两箱黄桃、一袋无花果、两斤绿茶、一竹筐蔬菜。

华劳问："吃完了，我可以在网上买吗？"

郭大爹说："村里有搞电商的，你下单，我让他们快递！"

半年后，华劳爱吃酸东西了，还常有呕吐现象。

华劳让凌丁陪着她去医院做了检查。医生告诉华劳："你有喜了，祝贺祝贺！"

回到家里，凌丁问："洞天村那个女中医，到底给你开了什么方吃了什么药？这么灵验，我们得去好好感谢她。"

华劳双颊绯红，说："她给我把了脉，又问了些情况，说我什么病也没有，没开方也没给药吃。她只是说：'你要记住我这句话，婚后的男人，都喜欢胖女人。女人要胖，少说话蓄精神，多吃东西长肉！'"

凌丁一愣，随即仰天大笑。

乡村女教师

在龙凤镇安坪中学，女教师家佳是个漂亮角色，湖南话里的"漂亮"，不仅是指颜值，还包括胸襟气度，行事风格。

二十八岁的她，姓家（这个姓不常见）名佳（与家同音），意思好，音韵也美。一米七二的个子，高高挑挑，鹅蛋脸，细眉亮眼，性格开朗，说话不遮不掩。她是市里一所重点中学的语文教师，毕业于北京师范大学，教了三年书后，二十五岁了，主动要求加入教育扶贫的队伍，来到安坪中学教初中语文，按规定为期三年。

她当然有男朋友了，叫章璋。他们是高中和大学的同学，尔后又在同一所中学教书，章璋教的是数学。他们都出身教师家庭，无一处不匹配，不但男有才女有貌，而且男也有貌女也有才。都到了二十五岁，可以喜结连理洞房花烛了。

家佳说："我干完这三年，再谈那件事。"

章璋急了，说："你去县乡支教，我不反对，这并不影响结婚呀。"

"就这么定了，你若是想结婚，可以另选别个。"

章璋很委屈，说："我等着你……行不行？"

三年前的秋季开学，章璋开着车把家佳送到安坪中学，年近半百的校长朱晖站在校门外迎接他们。彼此寒暄后，朱校长说：

"我也是北师大毕业的，我们是校友。原本你们可以朝夕相处，现在变成了牛郎织女，抱歉抱歉。"

没等章璋说话，家佳说："朱校长，古人说：两情若是久长时，又岂在朝朝暮暮！"

章璋说："朱校长，你看，我成了要接受考验的人了。"

"哈哈……"朱晖笑得直不起腰来。

这个镇管辖的村子，有好几个是深度贫困村。安坪中学二百多名学生中，贫困生不少。贫困学生中，最让人挂心的是事实孤儿。何谓事实孤儿？就是父亲因病过世，母亲无法忍受生活的压力，上有多病的公公婆婆，下有幼儿，于是借口外出打工，一走就杳无音信的家庭的孩子。孩子由老人带养，因有其母亲的存在，不能享受孤儿的补助政策，日子过得难上加难。有几个事实孤儿，十二三岁，家贫穷，离学校还远，而学校又没有寄宿的条件，必须有专人带养，基本生活费由爱心扶贫组织赞助。朱校长在介绍这些孩子的情况时，泪流满面，并请老师伸出援助之手，他自己就领头带养了一个。

家佳立刻举手发言，揩着眼泪说："我来带养这个叫钮妞的女孩子。我与她有缘，她姓钮名妞，和我的名字一样都是同音叠韵。"

朱校长说："你还没成家，家务都没怎么做过，你就算了吧。"

"这不难，我学得会！"

家佳在学校住的是一间只有十平方米的卧室，还配了一个小厨房。卧室里放着一张大木床、一个竹书架和一个四方桌。四方桌是她和钮妞共用，吃饭、备课、做作业。木床也是共用，两人睡在一头，很亲热。

家佳问："你愿意叫我妈妈吗？"

钮妞说："愿意。"

老师们听见钮妞叫家佳"妈妈"时，都很感动。这个家佳不简单，没出阁居然不忌讳这个，只有一种解释：为了让可怜的钮妞迅速回归母爱的氛围。

早饭、中饭由家佳领着钮妞到食堂去吃，晚饭家佳亲自做，有荤有素有汤，花样也轮番着变。一本《湘菜谱》，她稍看几眼就懂了。

钮妞里里外外穿的衣服，都是家佳在网上仔细挑选后，再问钮妞喜不喜欢，喜欢了再网购回来的。

晚上在灯下，一个备课，一个做作业。钮妞做完了作业，再复习功课。复习完功课，家佳让她读《历代女子诗词选》，一次只读一首，不懂的地方，由家佳来讲解。钮妞最爱读李清照的《绝句》："生当作人杰，死亦为鬼雄。至今思项羽，不肯过江东。"读着读着竟然蓦地站起，双眼灼灼放亮。家佳说："你读到心里去了，谁说女不如男？谁说人穷志短？改变命运要靠自己。"

钮妞长得结实了，穿着虽不名贵却有格调，成绩也是班上的头几名。

家佳安排钮妞，每个月要抽一个星期天，去看望爷爷奶奶。十里路要步行去，回到家里要帮老人做点农活。去时，家佳给老人买些药品、点心、水果，让钮妞带回去。

有一次，钮妞说："妈妈，读完一个学期，我反正要回去陪爷爷奶奶的，不必一个月回去一次吧？"

家佳收起脸上的笑，说："这是孝道，你不能不去！你怕累，可以不去，我代替你去！"说完，提起一包东西，头也不回地走了。钮妞一边追一边喊："妈妈，我错了。我去！我去！"家佳头也不回，一个劲往前走去，等钮妞离远了，她就放慢脚步，钮妞一接近，她又撒开腿走。一直走到村口，她才停住脚步，牵着钮妞的手，一起走向钮家。

朱校长对家佳说："小家，每个月补助钮妞的费用只有一百多元，你贴钱太多了，我都过意不去。"

"贴钱给女儿，应该！何况，我是个单身，没事的。钮妞的爷爷奶奶想让她初中毕业后回家帮着干农活，不去县里读高中了。我去了钮家，给爷爷奶奶讲了好多理由，告诉他们钮钮不但要读高中还要读大学，将来他们才真正老有所依。"

"你说得对，可钮家这几年不容易挨过去呀。"

"我去找了村支书，他说钮家可以采用托管扶贫的办法，用无息贷款买两头小牛，由村里的养殖合作社托管，牛养大了由合作社卖了钱，除再买两头托管的小牛外，剩下的钱都交给老人。三年后再还本，还本后再贷款买小牛托管。"

朱校长点点头，说："你完成了三年支教，可以放心回城了。"

"朱校长，你不能赶我走啊，我还想再干三年。"

"那不行，还让章璋再等三年？"

"他也来贵校干三年，我们就在这里举办婚礼！"

朱校长激动得满脸发亮，说："我是求之不得啊，你也不再'落花人独立'，而是真正的'微雨燕双飞'了，我高兴。"

"又有初一的学生进校，若有事实孤儿，我和我先生再带养一个。不过，请朱校长开恩，再拨一间小屋让孩子住……"家佳的脸忽然变得羞红。

朱校长仰天一笑，说："放心，我一定办到！"

校友汪一成的即兴演讲

各位老师、各位学弟学妹：

下午好！

应敖铮校长之邀，我在你们中饭后，借用你们一点时间，和大家说说心里话。老实说，我的心情很难过很沉重。

昨天，市里"爱心扶贫志愿者协会"的几位退了休的理发师，听说你们功课忙，学校附近又没有理发店，要理发只能到十里外的镇上去，或步行或坐车。尤其是贫困生，理发要钱，坐车要钱，走路去呢，要花太多的时间。于是，这些六十多岁的老人家，从市里到县里的这个山区小镇，自己雇车来，要用两个多小时。怕耽误你们的学习，他们只在车上咬个面包喝几口矿泉水当作中餐，在十二点半到达校园。校长早安排人在操场的树荫下摆好了椅子，挂上了横幅标语："感谢爱心理发师来我校为贫困学生理发！"居然，没有一个学生来理发！连往常在操场上玩耍的人都不见一个！到你们下午上课时，老人们只好怅然而返！

你们为什么不去理发？为什么操场上玩的人都没有？因为你们不想承认自己是贫困生，怕让人看不起。因为在操场走动，也怕被人联想到自己是贫困生！

我是学校"扶助贫困学生办公室"副主任，校长是主任。作为一个有些名声的民营企业家，又是各位的校友，我很愿意帮助家庭困难的学生，品学兼优地完成学业，考上大学，去创造更加美好的人生。我每年捐款五十万，还有其他校友的捐款，一共为八十万。为什么？我们必须感恩社会，感恩曾经帮助过我们的人。否则我们就是忘恩负义，就是极端的自私自利者。

这所学校原名石冲小学，因为那时只有小学生。后来，招收初中、高中学生，才改名为石冲中学。我是二十世纪七十年代在这里读过小学，所以我称你们是学弟学妹。

我家那时穷得叮当响，我上有三个哥哥，下有一个妹妹，一家七口的生活就靠父母种田栽菜来维持。一年难得吃上几回肉，衣服上是补巴叠补巴，放学回家要赶快去帮父母干活。那时大家都穷，有爱心的人也没法更多地帮助别人。有个冬天，雨雪纷飞，我来上学，光脚穿一双破套鞋，脚趾都露在外面。班主任是个女老师，住在学校里，她把我叫到她家里，寻出一双她给儿子用旧毛线编织的袜子和一双半新的球鞋，要我坐下来，亲自给我穿上。中午，我不能回去吃饭，回去也没有饭吃，一天只能吃两顿。不少老师常把我叫到他们家去吃饭，那时的粮食是定量供应的，他们是从口里省出来给我吃的！他们对我说："穷，不要怕人笑怕人说，怕的是死要面子又没有志气，怕的是对别人的帮助不感恩，反而变成一种愤愤不平。这就可悲了！"我的父母也是这样教导我的："因为穷去乞求别人，那是下作；有人愿意帮助你，你接受了，就要永怀感恩之心；一旦自己有了能力，就要去帮助别人，回报社会，这才叫有德！"我是努力这样做的。

昨天来的几位理发师，有一位叫晁平心，我一直称他为晁师傅，六十有五。当年他高中毕业到这里来插队落户。是城里来的知识青年，没拿过锄头没挑过重担子，不容易啊。晁师傅从小就学习了理发技艺，因为他父亲是市里一家理发馆的名师。他下乡就带了一套理发工具，得闲时为同伴和乡亲们理发，分文不收。那时，大人理个发要两角钱，孩子理个发要一角五分钱。一角五分钱，对我和许多穷孩子来说，是个天文数字。晁师傅那时也就十七八岁，就常来学校，利用课间休息和中午的时间为我们理发！这一理就是三年，直到他招工回城。这份恩情，我一直铭记在心里。后来我去城里创业，常到晁师傅上班的理发馆去看望他，说起当年的事，他只是笑着说："有这回事吗？我都忘记了，鸡毛蒜皮的事，亏你还念念不忘。"我想请他去吃个饭，他说："免了，免了。看见你们有出息，比请我吃饭还高兴！"

学弟学妹啊，昨天校长打电话告诉我这件事，我真的流泪了，这是对社会良知的玷污啊，这让老人们怎么想？昨夜，我专门去了晁师傅家替你们去负荆请罪，也请他原谅我这个学兄的扶助无方。晁师傅笑了笑，半句埋怨也没有，宽容大度，有仁者之风。他说："到镇上理个发，要五块钱或十块钱，孩子省下这个钱，可以去买本书，可以添个菜，几多好。"

"扶助贫困学生办公室"的一位老师告诉我，说有的贫困生去领补助费，要等到没别的人了才去，还嘱咐老师不要对外人说出他的名字。荒唐！我可以大胆地推测，在这里谁会不知道他是贫困学生呢？连这个他都要隐瞒，等到将来他出了校门，到了另外一个生活空间，他就更要避讳了。因为他在内心深处，从来不承认得到过别人的扶助这件事。敖校长说准备在全校开展一场大讨论，我举双手赞成！我们要搞明白，什么叫不忘初心？什么叫道德修为？怎么为民族复兴尽心尽力？

我昨天去晁师傅家，恳请他和他的理发师团队再来学校，我们知错就改，他一口就答应了。此刻，他们就在校长办公室休息。今天下午，原本是各班"读一本好书"的自由活动时间，敖校长安排，该理发的来操场理发；愿意为同学端热水洗头的，欢迎来；想观看理发师高超技艺，听他们说古道今的，都可以去！

我建议每班的班长，随同校长和我，去恭迎晁师傅一行，热热闹闹走向操场！

石冲中学应成为一个讲礼性、重品德、有素养的精神家园。

我的讲话到此结束！

名师高徒

六十岁的湘菜大师瞿知味，一生中带过多少徒弟？没见过像闻大秋这样的角色！一个人学厨艺，从看菜、洗菜、拆菜、切菜，到上灶掌勺、颠锅，做出几道佳肴美味，起码也要三年才出师，可培养闻大秋只能是三个月！

瞿知味为这件事真的犯难了。

其一，是闻大秋这个徒弟不能不收。他来自远乡湖塘镇的贫困村——白水村，三十五岁了，除了在田土里觅食，没有其他手艺，上有病病歪歪的父母，中有一个总是喊要离婚的妻子，下有两个读小学的孩子，日子真是过得艰难。镇政府扶贫办找到酒楼负责人，送闻大秋来培训，以便让他能有一门技艺赚钱脱贫。其二，闻大秋对于脱贫提不起一点精神，蔫头耷脑，目光涣散，好像是镇领导"要我脱贫"，他觉得挺委屈。他来学艺，镇政府还要补他的工资和伙食费，否则他坚决不来。

第一次见面，稍稍寒暄了几句，瞿知味问道："小闻，你知道我是谁吗？"

"领导介绍了，你是株洲市做湘菜的头牌大师傅，是'湘水肴'酒楼的台柱子，顾客都是冲着你的手艺来的。"

"我原本可以退休了，为了你我要再上三个月的班。很多人想拜师，我没时间教了，你是一个特例。"

"瞿师傅，我愿意……学。"

"古人说：家有万金，不如薄技在身。你学好了厨艺，上可孝顺父母，中可让妻子安心陪伴你，下可让孩子读书成才。你要从心底里认为是'我要脱贫'，贫困不是件光荣的事，靠自己努力过上好日子，才有尊严才有脸面。记住了吗？"

"记住了。"

"头三天，先不下厨，你跟着我去吃和玩，不用你掏钱，由师傅来安排。"

"哦……师傅客气了。"闻大秋笑得脸上开了花。

第一天上午，瞿知味领着闻大秋，穿过大街、小街，走进一条小巷：石板巷。再走进一户窄门窄院的人家，门楣上挂着一块"秘制盐茶蛋"几个红漆字的木板。主人居然是一对残障夫妇，男主人老刘的左手断了一截，妻子是个聋哑人。

老刘说："瞿师傅，你又来看我们，谢谢。"

"我领徒弟来品尝盐茶蛋，酒也自带了，请上一碟六个蛋，这是十二元蛋钱。"

"不能收，不能收，技术是你教的！上门来买的人真多，一天要卖出三百个蛋哩。"

"你不收钱，我们就走。"

"我收就是，真不好意思。"

一碟盐茶蛋，还有两双筷子、两个小碗，摆上了小桌子。瞿知味从帆布工具袋里拿出一瓶酒、两只瓷酒杯。"小闻，剥蛋吧，这是下酒最好的东西。"

他们一边喝酒，一边吃盐茶蛋。

"师傅，这蛋真的好吃，甜中有点淡淡的咸，还有红枣、桂圆、茶叶、药材的香气。"

"煮盐茶蛋，关键是调料的配方，有丁香、八角、川芎、红枣、桂圆、酱油、黄酒、麻油、红糖、盐、安化黑茶。调料入水煮蛋，慢火熬煮两个小时；熄火后，再浸上八个小时，当然好吃。一个蛋才卖两元钱，怎不顾客盈门？"

"师傅研发的秘方，真好。"

"先前他们家贫寒啊，两个残疾人，还有两个读书的孩子。但他们有志气，舍得干。生意好，生活就没问题了。我教了技术不假，如果他们不想做，那也是白搭。你说是不是？"

闻大秋一脸通红，说："是……的。"

第二天上午，瞿知味领着小闻，去了他的老师家。快八十岁的王正奇，白须白眉，乐得直打哈哈。"徒孙来了，我要和你师奶奶亲自下厨！"

闻大秋问："师爷爷，你还做得动？"

"退休二十年了，我就没闲着。你师傅是湘菜大师，我是大师的老师。城里有好些家湘菜馆，请了我当顾问，都给我发一份俸禄。有一门好手艺，做人也气派。小闻呀，要攒劲学，莫偷懒！"

"师爷爷，我记住了你的教导。"

"你过下子到厨房，先看我的刀工，切、剁、割、拉、剖，让菜料变成块、条、片、丝、蓉。再看你师奶奶如何盘配、配料、配形，我如何在火光油烟中颠锅、挥勺。我们是人老心不老，你这么年轻，学艺正是好时候。"

闻大秋心动情也动，眼眶蓦地湿了……

第三天，他们上午去了市图书馆，在阅览室找来一摞谈烹饪和美食的杂志，谁也不说话，静静地坐，静静地读。十二点离开，瞿知味领着闻大秋去了一家专做豆腐菜的小饭馆，两人边喝酒边聊天。

"师傅，没想到豆腐脑、白豆腐、香干子、油豆腐、豆渣，可以做出这么多道菜来。"

"这叫术业有专攻，做出自己的招牌菜，人气就旺了。"

"下午和晚上到哪里去？"

"下午去一个学校参观，看农村贫困家庭的孩子，怎么在城里得到关爱，他们又是怎么努力上进的！晚上，看湖北歌舞团演出的歌剧《洪湖赤卫队》，演主角韩英的是第六代演员陈小艺，她是茶陵县的农家孩子，如今是名扬四海的大牌明星了。戏有教育意义，演员的奋斗精神更让人钦佩！"

"师傅，这几天都是你特意安排的……"闻大秋竟哽哽咽咽，说不出话来。

……

这三个月过得真快。

瞿知味干脆住进了"湘水肴"酒楼，和闻大秋共一间宿舍，形同父子。

湘菜的名品上千个，怎么教怎么学？

瞿知味了解到湖塘镇到处是荷湖荷塘，鱼多、鸭多、蛋多，蔬菜品种也多。他便列出一些既可就地取材又有特色的菜品，一样一样地在案头教刀工，在灶上教烹饪之法。如：香椿煎蛋、韭菜花炒香干、荷花丝煎蛋、荷叶蒸鱼、荷叶蒸鸡、莲子羹，熘藕片、蟹黄蛋、锅贴蛋白、水蒸蛋、辣子爆小鱼、芙蓉花豆腐脑、酸辣腰花……

"师傅，湘菜中也有山珍海鲜一类，你怎么不教？"

"来乡村旅游的人，会吃熊掌、鱼翅、鲍鱼、海参吗？"

"哦。我明白了。"

培训快结束时，瞿知味让闻大秋领路，去了闻家。闻大秋挑着两个大竹笋筐，里面放着锅、刀、勺、砧板，还有猪肉、鸡肉、鸭蛋、作料。他们快进屋时，闻家两位老人笑呵呵地站在阶基上，闻大秋的妻子小沈放响了一挂迎客的鞭炮。

"我带徒弟回来，让他亮一亮这几个月学的本事，你们也品品菜味。蔬菜准备好了吗？"

"大秋早打电话来了，我们都准备好了！瞿师傅，我们全家都感谢你。四乡八村听说大秋是你的徒弟，要办酒席的人家，都来预约了。"

"小沈啊，你要当好贤内助，让大秋先去当上门的大师傅，把本事练好。然后到镇上去开个小饭店，村里的互助资金就可以担保三年期的无息贷款。烹饪工具、工作服我已为大秋置办了，酒楼的师傅们还要给大秋爱心捐款哩。将来的饭店就叫'闻香来'，店堂里要挂一块匾，上写'瞿派湘菜传人闻大秋'。我会隔三岔五来饭店坐镇。你们说好不好？"

"好！太好了！"

"大秋，该你下厨了，小沈去打个下手。我陪两位老人聊聊天。你把几道菜做好，莫让师傅丢脸。"

闻大秋头一昂，说："遵命！再不打起精神来，老婆真的会远走高飞了。”

　　小沈扑哧一笑，说：“油嘴滑舌！”

葫芦谣

纷纷扬扬的大雪又下起来了。

胡家的堂屋里，一盆木炭火燃得火苗子直蹿，像舞动的金红色丝绸。北风拍打着关紧的木门，铜门环响得很清亮。

到这个边远山区的苦竹村扶贫一年，在胡家当了一年房客的胡大器，明天就要回城里去了！

胡家特意杀鸡宰鹅，为胡大器设宴送行。饭前，五十岁出头的胡秋实，对老伴和女儿胡小皿说："你们都要喝酒，'葫芦娃'也姓胡，五百年前是一家，要热热闹闹的。"

胡妈妈说："我也能喝酒吗？平素你可没这么大方。"

胡小皿说："爹，你喝多少，我也喝多少。"

"要得。你应该说，'葫芦娃'喝多少你就喝多少。"

小皿的脸蓦地红了。

杯碗交错，好容易才把一顿饭吃完。吃完了饭兴犹未尽，四个人坐在木炭火边喝茶、聊天。

胡大器忽然傻傻地笑起来，说："我都快三十岁了，还被叫作葫芦娃，真成细伢子了。"

胡小皿说："这小名是我叫出来的！村支书分配你住到我们胡家，我爹又特别喜欢侍弄葫芦，你办完了正事，跟着他种葫芦、采葫芦、做葫芦器。村里人称爹是老葫芦，你不是葫芦娃是什么？"

"对、对、对。"

胡妈妈对女儿说："你不也是葫芦娃吗？"

"我不是。动画片《葫芦娃》的主人公是男的不是女的。"

大家都放声大笑，笑得嘴里酒气直往外喷。

胡秋实呷了口茶，用夹钳添了几块大木炭，火星子叭叭地爆响，像流星。

"葫芦娃呀，你这一年为村里做了不少好事，大家心里有数哩。你是湘潭城金富街管理所的公家人，不但带来了扶贫款，领着大家修路、建房、搞大棚蔬菜，还为村里的孤寡老人申请了养老保险。今年黄梅雨时节，小皿半夜腹痛，我们以为她是受了风寒，没什么要紧的，你不肯，硬是让村里人开着手扶拖拉机，冒雨护送她去了二十里外的镇医院，一检查竟是急性阑尾炎，好险啊。"

胡妈妈眼睛湿润了，说："我们就这么一个乖乖女，出了事让我们怎么活？"

胡小皿说："那我就一辈子守在爹娘身边。"

胡妈妈说："蠢话！我们不是太自私了？"

胡大器忽然说："这地方好，这地方的人更好。"

"你是夸奖我爹我娘吧，我呢？"

"你当然好！这一年，我过得比城里那几年都开心。"

"真的吗？"

"真的！"

胡大器是河北乡下的娃，小时候最深刻的印象是家家户户都种葫芦。葫芦可以食用，可以做葫芦器，日用的瓢、碗、杯、罐，盛蝈蝈、蟋蟀、叫天子的虫具；还可以做成工艺品，在上面烙画、刻画、上漆、抛光。与"葫芦"同音的字是"福禄"，人人喜爱哩。他高中毕业考上了湘潭大学的美术设计系，毕业后参加本地的公务员考试，就留在了这座南方的城市，供职于金富街的市场管理所。他天天在店铺间行走，处理门面出租、纠纷调解之类的事，贯彻各种方针政策，与美术设计的专业毫无关系，有关系的是一份虽少却靠得住的工资。住的是公家的单人宿舍，宿舍一室四个光棍，杂乱、喧嚷。画桌没有，画架没地方摆，他唯一能干的事，是耳朵里塞上棉花，看一些与美术、工艺有关的闲书。

胡大器越来越感到生活的压力之大，老家的父母年纪渐大，他是长子，下面还有几个正读书的弟妹，每月得寄钱回去。房价太贵，即便可以贷款，他也不敢买。想谈个对象成家，一听说他无房无车无老人可支援，就没戏了。他干工作扎实、认真，但与头头的关系是"君子之交淡如水"，没人会想起要提携他。干市场管理七年，副科级的所长换了好几任，他依旧是普通一员。去年冬，要抽调人下乡扶贫，头头马上就对他委以重任，还许诺干满一年，再派人接替他。在一种十分落寞的情绪中，他来到了苦竹村。

当村支书领着他走进胡家时，他看到胡家屋檐下悬挂着大大小小的干葫芦，屋檐边也垒放着一层一层的干葫芦，颜色金黄金黄，他的眼睛突然一亮，像回到了老家。他拎起一个葫芦，看了又看，摸了又摸，拍了又拍。

从堂屋里走出一个二十三四岁的漂亮姑娘，嫣然一笑，说：

"你这么喜欢葫芦,是葫芦娃吧?"

胡大器在这一刻,心情特别好,他说:"村支书早介绍了,说你叫小皿,器皿的皿,是葫芦做的小皿吧。"

"对。"

一年三百六十五天,飞快地过去了。胡大器除了干扶贫的大小事外,就是跟着胡秋实一家人,播葫芦种子、分插葫芦秧,采摘葫芦、干化葫芦,做葫芦器。他觉得这里比城里快乐、自由、不憋屈,为什么一定要守着那个铁饭碗呢?

小皿说:"你在想什么?该去收拾行李了。明早,你们单位要来车接你哩。"

"不着急。我不会带行李走的!我不能只干一年,我要干到全村都脱贫……"

"你想好了?全村脱贫了,你还是要走?"

"也不走了,只要你不赶我走。"

胡秋实呵呵地笑了,说:"你倡导各家多种葫芦,不少人怀疑,但我明白这个营生有发展前途。我家的葫芦,一部分作瓜果卖,一部分做成瓢、碗、杯、罐卖;还有一部分干葫芦,你叫来你当年的同学,在上面又画又刻又上色,变成了工艺品,再让金富街的店铺代卖,生意很红火,变出不少钱来了。你的功夫更妙,又刻又画,字好,图案新,抢眼!"

小皿乐得直拍手,不时地瞟一眼大器。

胡大器说:"我给我爹打了电话,请他寄几种特殊葫芦的种子来。有大葫芦种,成熟的葫芦有冬瓜那么大;小葫芦种,结的葫芦只有半寸长,可做耳坠、佩件,还可以镶系在玉簪上,成为高档饰品。还有长柄葫芦种、异形葫芦种……待葫芦快成形时，我让我爹来这里待几天，示范怎么系扣、扎绳。"

胡秋实鼻子里"哼"了一声，说："未必北方人比南方人会种葫芦些？"

胡大器愣住了，不知道该怎么回答。

小皿说："爹，大器不是这个意思。他说的系扣，是指用人工将长长的葫芦柄打出结来，长老了就特别中看。扎绳是用绳子编出不同的形状，套在葫芦上，葫芦长大了，去掉绳套，印痕又深又显眼，有的像南瓜，有的像网袋盛着果。这种艺术品最抢手，但技术得有人教。"

"你怎么知道？"

"爹，是大器告诉我的。他还说，明年要动员每家都种葫芦，还要成立一个葫芦工艺社，请爹当社长哩，让大家都富起来。"

"我有当社长的本事吗？"

胡大器说："你在种葫芦上是全村的表率，时间久，经验丰富。我和小皿当你的小兵，完全可以干出一番大事业来。"

胡秋实忽然打了个哈欠，对妻子说："我们都困了，该上楼睡觉去。"说完，扯了扯妻子的衣袖。

胡妈妈连忙站起来，说："这雪……还在下哩。"

老两口走进楼上的卧室，扯亮了电灯，关好了门。然后赶紧脱衣上床，关灯，睡觉，动作快而且无任何声响。

……

子夜过后。胡妈妈摇了摇丈夫，细声说："我听见他们出了堂屋，悄悄开了门，又悄悄关了门。"

"大器不是住在隔壁那栋房子里吗？她是去送他。"

"一个时辰了，小皿没回到这边来。"

"老婆子，你是瞎操心。睡吧，睡吧。"

夜真静。雪落到地上，沙、沙、沙，声音很密很细很柔。

卖莲蓬

和青青提着一个大竹篮子，来到古城湘潭雨湖公园门口时，还不到八点钟。盛夏的太阳升得很高了，火球一样，刺得人睁不开眼睛。和青青把盖在篮口的湿毛巾掀开一角，拥拥挤挤，立刻有翠绿欲滴的新鲜莲蓬探出了头，一种清新而湿润的香气弥漫开来。她小巧的鼻翼翕动了几下，甜甜地笑了。

昨天，来家里做客的同学走后，她对妈妈说："我要到城里卖莲蓬去，我得筹齐去北京读书的钱。"

妈妈说："往年我们都是卖晒干的莲子，哪有去卖鲜莲蓬的？是你同学出的主意？"

"嗯。他们说，城里人喜欢新鲜的东西，可以生剥着吃，也可以插在瓶子里观赏。一个莲蓬两块钱，绝对畅销。"

妈妈叹了口气，答应了。

和青青最懂得妈妈的苦处，村是贫困村，家是贫寒家，从年头到年尾，从日出到日落，她累得没直过腰，种田、种菜，养猪、养鸡，还承包了一口大水塘种湘莲。妈妈才四十多岁，额头上就出现皱纹了，还得了关节炎，阴雨天痛得钻心。爸爸呢？在和青青的印象中，她早就没有爸爸了。她用的是妈妈的姓，这个姓在方圆几十里很稀少。

在妈妈咸涩的汗水里，和青青上完了小学、初中，然后考上了这块地方最好的乡村中学寄宿读高中。而且，她得到了"教育扶贫基金会"的赞助款，学费和伙食费都不用发愁。这个学校的高考上线率历年都高，因此许多城里的学生也来这里就读。高中三年，一眨眼就过去了。和青青在走出高考考场的这一段日子里，相当地快乐，录取通知书虽然还没有来，但她相信六百多分的成绩，读个北京的名牌大学是没有问题的。快乐之后，愁的是路费和学费。村里的互助基金，当然可以去申请贷款，但她不想让妈妈太操劳了，她要想办法赚钱。城里的同学忽然结伴到她家里来做客，带来了许多礼物：衣服、运动鞋、被子、帐子、毯子、脸盆、旅行包……和青青当时就呜呜地哭了。乡下也没什么好送的，和青青亲自划船到水塘里采来许多熟了的莲蓬，一人送了一大把，没想到立刻溅起一大片欢声笑语。他们说："你到城里去卖莲蓬吧，就在雨湖公园门口卖，准火！"

和青青与妈妈，天没亮就去水塘采莲蓬，一共采了一百个。长长的柄，连着圆锥状的莲蓬，里面的莲子很饱满地凸出轮廓。水风清凉，莲香馥郁，这种故乡的气味，让和青青陶醉。她想，哪怕走到天涯海角，她也不会忘记这种气味。匆匆吃了碗开水泡饭，和青青挽着盖了湿毛巾的大竹篮子，步行十几里路来到镇上，再搭城郊公交车赶往湘潭城，下车后问清了路，来到了雨湖公园的门口。

虽然不是双休日，但来公园的游人依旧很多。

和青青明白卖东西是要吆喝的。怎么吆喝？她犯难了。

一个年纪和她相仿的男孩子走了过来，问："同学，这莲蓬怎么卖？"

"一个……两元。"

"便宜。你得吆喝啊，我替你喊几句：快来买！快来买！新鲜莲蓬，绿色食品，又好看又好吃，两元一个啊——"

和青青说："你做过生意？"

"没有。电影、电视上见过，一学就会。我买五个，这是十块钱。"

男孩子握着一把莲蓬的长柄，高高地举起来，走了。

和青青学着男孩子的口气，大声地吆喝起来。

不断地有人来买莲蓬。其中有不少是中年人，大概和她妈妈的年纪差不多。有的买十个，有的买五个。还有人说，"小姑娘，你卖便宜了，五元一个吧"，慷慨地丢下钱，高高兴兴而去。

篮子里只剩下十几个莲蓬了。

从雨湖公园的里面走出一个戴着红帽子、穿着红坎肩的人，先在门口停了一下，然后径直朝和青青走来。

和青青看见他帽檐两侧露出的鬓角花白了，脸很黑很瘦，背有些驼。她问道："老爷爷，您买莲蓬吗？两元一个，早晨新采的。"

他愣了一下，然后笑了。

"我在里面清扫林荫道，嗅到风里莲蓬的气味了，这气味我想了好多年，想死我了。"

他蹲下来，拿起一个莲蓬看了又看，嗅了又嗅，眼睛里竟然有了泪水。

"小姑娘，这莲蓬是荷口镇那块地方的，叫'寸三莲'，三粒莲子排成一线，有一寸长，古时候是贡品哩。"

和青青问："你是那地方的人？"

"不……是。我只是熟悉那块地方。你怎么想到进城来卖新鲜莲蓬呢？"

"我要读大学了，得筹点儿钱。"

"小姑娘，你姓什么？叫什么？"

"姓和，叫青青。"

"这姓在那地方很少。"

"是的。你呢？"

"姓盖，叫盖督。锅盖的盖，监督的督。这剩下的莲蓬，我全买了！"

付了款，盖督双手捧着一大把莲蓬，站起来，又问："小姑娘，明天还来卖吗？你应该多采些。"

"嗯。"

不到三个小时，一篮子莲蓬卖光了。和青青提起竹篮，朝四周看了看，那个老人走远了。奇怪的是，居然没发现一个同学。是怕她害羞，还是玩得没时间来看她？但她马上悟出了是什么原因，那些买莲蓬的人，中间一定有同学的父母，一定有同学的朋友！她的心蓦地一热。

和青青决定赶快回家去，免得妈妈挂念，她要把今天的事详细告诉妈妈，这个世界有很多很多的好人，都在想方设法帮助她。

她是下午两点钟赶到家里的，实在饿极了，妈妈给她做了一大碗蛋炒饭。

吃完了饭，和青青有声有色地讲起来，妈妈听得直掉眼泪。

"多有趣，那个老人居然叫盖督，我还以为叫'戒毒'哩，幸亏他解释得早。"

"他知道荷口镇的'寸三莲'？还知道姓和的人很少？"妈妈问。

"嗯，他说在公园扫地时，老远就闻到莲蓬的气味了，而且是'寸三莲'，你说怪不怪？"

"只有在这个地方出生、长大的人，才闻得出是'寸三莲'的气味。"

……

和青青天天都去湘潭城雨湖公园门口卖莲蓬。

那个叫盖督的老人，总是在上午十点多钟的时候，走出公园，来到和青青的竹篮前，和她聊一阵天，再把剩下的莲蓬全买走。

录取通知书终于寄来了，和青青考上了北京大学国际政治系。她把这个消息告诉了盖督。

"小姑娘，祝贺你。你的爸爸、妈妈准喜饱了！"

"我没有爸爸，我很小的时候，就没有了。"

"对不起，我不该这么说。"

"没什么。你一直在这里当清洁工吗？"

"不。我是从外省一个地方回来的，当清洁工才几个月。"

"你家里还有谁呢？"

"就我一个人。好了，再见，小姑娘。"

当和青青赶到长途汽车站搭车回家时，意外地发现妈妈也坐在车上，眼角分明有泪痕。她坐到妈妈的身边，悄悄问："妈妈，怎么啦？"

妈妈小声说："我想看看你是怎么卖莲蓬的，所以没有惊动你。那个盖督……我认识，他是荷口镇人。好多年前，他进城去打工，赚钱少，很苦闷，被坏人引诱，染上了吸毒的毛病，戒也戒不了，但还知道不连累家人，就和妻子离了婚，跑到很远的地方去了……他其实并不老。他原先叫盖大丰，恐怕是戒毒后才改的名字……"

和青青似乎明白了什么，又似乎什么也不明白。

又过了些日子，和青青告别妈妈，告别同学，来到了北京大学。与她同时到达的，还有一张五千元的汇款单，明明白白写着是寄给她的，但汇款人的单位和姓名都很生疏。留言栏中只写着一句话："和青青：永远别忘了家乡的绿莲蓬！"

和青青捏着汇款单，面朝南方，她真的嗅到了一种亲切的气味，那是风里飘来的绿莲蓬的气味……

晒秋图

秋风爽朗，秋阳热烈。天南地北的乡村，正是晒秋的大好时光。

友人相召，驾车出城去看一年一度的"晒秋图"。车一入乡村地界，晒秋图便如一幅长卷，在车窗外徐徐展开，一个村接一个村，仿佛无穷无尽。田边山畔，房前屋后，一块块光洁、平坦的晒坪上，泼洒着金秋艳丽的色彩，金黄的稻谷和玉米，圆硕的绿豆、红豆、黄豆、黑豆，浓烈的香气随风飘荡，如开坛的美酒。还有一只只又圆又大的竹筛子，拥拥挤挤摆在一起，分别晾晒着红辣椒、红薯片、白薯片、紫茄条、绿豆角、蓝莓、褐菇……

车中有旅行社的朋友，兴致勃勃地告诉我们：晒秋，晒的是丰收的喜悦，晒的也是各家的辛勤和得到的报酬，电商往往观晒秋而决定与哪个合作社、与哪家签下销购合同书。同时，看晒秋也成了乡村旅游的一个亮点！

近午时，我们在湘东云阳山中的一个村子下车休息，并到一户农家订餐。朋友中有画家和摄影家，他们赶紧去太阳下为晒秋的景与人画速写、拍照。

去年这时候，我们也来到离此不远的另一个村，名叫协同村。那里的黄桃品种很多，从初夏至仲秋，都有黄桃下树。我们去时，家家户户正忙着摘秋熟的黄桃，然后装箱待运。纸箱上贴着宽长红纸印了"国庆桃"金字的标签，十分喜庆。

此刻，我和另一个年纪相仿的友人，坐在台阶上喝茶、聊天。他忽然说："去年到协同村访村民郭新华家，你写过一首七绝：'红薯黄豆院坪香，十月桃肥又入箱。更有秋兰浅浅笑，瓷盆瓦钵唤登场。'今日一路看晒秋图，你应该写一点什么吧？"

我说："打了个腹稿，是一首词《浣溪沙·乡村晒秋》，请兄雅正。全词为：'玉米辣椒谷豆菇，橙黄蓝绿紫白朱。家家出彩晒秋图。圆满竹筛摊富足，酬勤田土竞赢输。电商早付合同书。'"

友人说："请抄给我，回去后我用毛笔书之，拍照发到网上去晒一晒，也是晒秋呵。"

午饭很丰盛，又要了一大壶湘东米酒，八个人吃得很开心，结账不过二百元。

主人告诉我们："下午村里的油榨坊开榨，又有鼓乐又鸣炮，这个仪式你们肯定感兴趣。"

于是，我们决定留下来，顺带把晚餐也定了。

主人说今年茶油果结得多，采下来先摊晒，然后去壳，再将油茶籽翻炒，眼下已装入榨床。一茬一茬地榨，手工榨的油比机器榨的油更香更稠，每斤80元，得先预订哩。

下午三点钟，榨坊响起了锣鼓声、鞭炮声、欢呼声。八名赤膊壮汉，头扎白长巾，腰系白围兜，下着黑长裤，一字排开站在榨坊门口，双手端着用粗瓷海碗盛的米酒。有白须白眉老人诵读开榨辞："秋风送爽，大道康庄。田土铺金，山林飘香。国泰民丰，鼓乐飞扬。油坊开榨，倒海翻江。富庶流油，地久天长！"

八名汉子端酒碗敬天敬地敬乡亲后，仰脖一干而尽，然后放

百姓
影像

下碗，列队进入宽敞的榨坊，分站在又粗又长的木杵两边，双手抓住杵上的绳扣。

门外又响起三声火铳。众人也依次而入。

白须白眉老人立于木杵一侧，高喊一声："开榨呵——"

八名壮汉在领头人的号子声中，手抓绳扣，将悬挂的木杵猛力向前推送，杵头撞向立式榨床上插好的木桩。咚！咚！咚！

"用力撞呵——"

"嗨——哟！"

"雷霆炸呵——"

"嗨——哟！"

"蛟龙舞呵——"

"嗨——哟！"

"多出油呵——"

"嗨——哟！"

榨床上的木槽里，传出茶油的汩汩流动声，再流向榨床下的一排大木桶。屋里屋外弥漫浓郁的油香，逗引得观者的鼻翼不停地翕动。

我们在榨坊里看了很久，听了很久，闻了很久。

这一夜，我们就宿在这户人家的客房。月光从窗口泻进来，一地银白。

我久不成梦，索性拿起笔，写了一首《浣溪沙·乡村手工油榨坊》："开榨先干酒一瓯，光头赤膊白围兜。震天号子撞金秋。长杵风推潮裂岸，尖桩雷击闪惊虬。富乡无处不流油。"

忧乐行

红果果真的很后悔。

她怎么能再去烦扰顾忧乐先生呢?

走出大学校门,她参加了工作,一转眼就几个月了。顾先生年近花甲,瘦高个,瘦削脸,戴着一副深度眼镜,在心理学系专开一门课:社会心理学。红果果最喜欢听顾先生的课,他上课不但讲得妙趣横生,声音也浑厚、沉着。她上课认真,下课了还去请教有关问题,成绩自然是班上的翘楚,顾先生很欣赏这个既刻苦又有悟性的学生。

顾先生曾问红果果,是否愿意读他的研究生,读了硕士再读博士。

红果果眼睛湿了,说:"愿意。"然后叹了口气,又说,"家在农村,爹妈身体不好,还有正读书的弟弟妹妹。我得赶快去工作,什么工作都行,只要能养活自己和帮助家里。先生,辜负你的美意了。"

顾先生说:"人世都道读书好,贫家首思吃饭难。我理解。不过,我建议你优先考虑能广泛接触社会的工作,再在业余多读书,别丢弃了学过的专业。"

"谢谢先生教诲。"

湘楚市是座古城,这些年发展很快。老城区依傍湘江,从南到北早成格局；然后陆续在江上建起几座大桥，铆着劲向江对岸挺进，形成一片宽阔的新区。地方大了，道路多了，与之配套的公交车线路自然与日俱增。

公交车公司张榜招聘司机和售票员。司机得有驾驶证，售票员不限性别、年纪，只要身体好就行，工资每月近三千元。红果果觉得这个工作不错，立即去应聘并被录用，分配到跑44路的一辆公交车上。当她用手机向顾先生汇报时，顾先生说："好！你可以接触不同的人群，了解他们不同的心理趋向，让你见多识广。休息日，到我家来，让师母给你做好吃的。"

44路，起点在城南，终点在城北，全长十来公里，沿途有十多个停靠站。共有八台车跑这条线路，两班人马轮换，人歇车不歇。早晨六点至下午两点是一个班，下午两点至晚上十点是另一个班。

红果果售票的这台车，还有一个和她同时应聘上岗的司机尹勇，是部队退伍的汽车兵，三十多岁，长得粗黑健壮。得闲时，他喜欢谈在部队开车的奇闻，高山险岭路窄，多少次死里逃生，就没害怕过！红果果很佩服他。

这条线路有几个站上车下车的人多：伤科医院、肿瘤医院、养老中心，还有终点站殡仪馆。

红果果发现这个城市，居然有这么多的伤残者、重病者、衰老者、悲痛者！他们或头上、手臂上、腿上缠着渗出血痕和药味的白绷带，或拄着木拐、坐着轮椅，或拎着装CT片的牛皮纸袋，或戴着化疗后的假发，或手臂上套着黑袖章，或压低声音呻吟。陪同他们和搀扶他们的亲朋好友，满脸皆是酸楚和无奈。

一晃过去了三个月。

司机尹勇的话越来越少了。有一天在终点站的休息室，他突然对红果果说："难怪新来的司机和售票员，都安排跑44路，天天接触的是伤、残、病、死，压抑得难受。"

"你当过兵，还怕这个？"

"那时，惊怕来了又去了，我当然可以不惧不尿。可要长期面对惊恐，一日又一日，难！我老婆说我脸相都变了，让我赶快辞职。"

红果果认真看了看尹勇的脸色：白里透出淡青；再看他坐着的模样：体形僵直。她想起顾先生曾讲过，长期面对惊恐的环境，心理和情绪的恐惧必须得到合适的释放和抚慰，使之消泯。但她摇摇头，说："你和先前一样，没变！"心里却嘀咕："你变了。我也一样。"

红果果却不能辞职，她需要这个工作这份工资，必须坚守下去。她忍不住把尹勇和她的感受，打电话告诉了顾先生，得到的答复是："你别着急，这是个好课题！"

到了星期天，轮到红果果休息，顾先生打电话叫她去吃中饭，顾师母特意做了几道可口的菜，还热了一小壶黄酒。

顾师母说："果果，你瘦了，工作累吗？"

"师母，卖车票，不累。"

"我也是教心理学的，你的脸色告诉我，情绪中积存着许多不安的因子呵。"

顾先生忙说："来，喝口温好的黄酒，然后你多吃菜，古人说'酒能增豪气'！"

"谢谢老师和师母！"

"果果，接到你的电话后，我去贵公司找来一份市区线路图，好好地研究了一番。"

"让老师操心了。"

"有条77路公交线，从老城区始发，过湘江一桥去江对岸的新城区，沿途停靠点有市妇幼保健院、天台幼儿园、白鹤小学、体育馆等八个站。你去坐过吗？"

"没有。"红果果低声回答。

"我和你师母去坐过好几次。司机和售票员称'77'为'喜喜'。你们的'44'，我也去坐过，是你不当班时。"

"怎么叫'喜喜'呢，老师？"

"这几个站上下的人也多：腆着大肚子的孕妇，期待新生命的诞生，满脸喜气洋洋；抱着新生儿的年轻人或是老辈子，听着清亮的啼哭声，笑得特别开心；幼儿园的孩子、小学生娃娃，和家长手牵着手，不停地说着有趣的话；还有运动员，满身透出力量和朝气，让人觉得这个世界充满希望！我们两个老人，忽然觉得心情很阳光，不知老之将至。"

"怪不得老师说这是个好课题。"

"这个课题是你——红果果首先发现的，我不能据为己有。饭后，我们陪你去坐77路公交车，来回多坐几次，实地感受一下，让你在44路车上积压的悲凉，得到舒散和蜕变，重获快乐。也许你可以写出一篇论文。"

"好！"红果果笑了，笑得流下了眼泪。

……

公交车公司忽然在大会上宣布：跑 44 路车的员工，三个月为一个周期，与跑 77 路车的员工互换。此后，依前例，再互换下去。总经理还特意表扬了红果果，说她虽是一个大学生，却乐意当售票员，品德高尚；还能着眼全局，关爱同事，通过调研，向公司提出了切实可行的措施，解决了一直困扰公司的难题。她还将写一篇关于社会心理学的论文，值得期待！

尹勇对坐在身边的红果果小声说："谢谢你。要不我只能辞职去另谋生计。"

"是顾忧乐先生启悟了我。他深知我的忧乐、老百姓的忧乐。"

"对呀。对！"

家山情

云阳山云雾深处的常家村，最让人高看一眼的是常守山。

常守山65岁了。个子高大，脸盘也宽大，配着大眼、长耳、高鼻、阔嘴，还有嘴边永远浮着的笑意，村民们都说他是生就的佛相。

他是种田的好把式，几亩水田、山田侍弄得条理分明，不需要妻子帮忙。他也是盘山（种树、栽竹）的行家里手，屋后的一大片自留山，是他储钱、取钱的"银行"。

种田、盘山之外，他的精力还有富余。家里设有工匠房，摆放着打铁的红炉、砧台，做木工活用的砍凳、工具柜。农具中的锄、耙、铲、刀，都是老式样，但尺寸要大一些，因为他身高力大，用起来才过瘾。家具也是按老规矩打造，时兴的款式他嗤之以鼻，而且是就地取材，什么胶合板、纤维板、木屑板绝对敬而远之。

农具、家具，常守山做了为的是自用，并不以此作为谋生的项目。但有一种东西，他不常用，别人也不常用，他却隔三岔五地制作，那就是打更报时、驱赶野兽的木梆。

木梆在城市、乡村，早成了文物。自从有了钟、表，还要它来报时吗？在山区用得着它的时候，是守秋。各家都有苞谷地，到了夜晚，敲梆吓走那些前来偷、咬苞谷棒子的猴子、野猪。现在条件好了，敲梆太费事，提一个便宜的收录机去，里面录着敲锣打鼓放鞭炮的洪大声响，充了电的干电池可以用好几个小时。守秋的人坐在一堆篝火后，隔一阵按一下开关播出声音，莫说是猴子、野猪，连豹子都逃得远远的。

妻子问："老常，没用的木梆，你还做？"

"你不懂什么叫无用之用！"常守山哈哈一笑。

原先守秋需用到木梆时，村民来索取，常守山都是免费相送。现在呢，没人要了，他就做着玩。

他做的木梆，用的是散发香气的樟木。砍倒一棵樟树，裁掉枝杈只留下主干，将树皮剥去，然后将主干锯成一截一截的，再锯成长方形的坯料。他把坯料架空，放在遮阳、通风的阁楼上，让它自然干燥，两三年后就可以启用。

木梆不等着用，常守山做起来可以从从容容。坯料长一尺、宽五寸、厚四寸，中段镂空，空间的上部比下部要厚一些，因为上部要经受敲打。更重要的是上部和下部的断面上，要锉出高高低低、大大小小的齿状。称之为回音齿。然后在木梆的一端，安上手柄。敲梆的棒槌，用的是老南竹的粗壮竹根，用火炙直，用砂纸磨光磨亮。竹根棒槌敲在木梆上，"梆——梆——梆——"，声音高亢、厚重，传得很远很远，像京剧舞台上的花脸演员叫板，有经久不息的膛音。

做一个木梆，又费时又费工。

村民们背地里议论：常守山是不是脑子出了问题？

常家堂屋的墙上，隔些日子，旧木梆换下来，新木梆换上去。有时候，常守山兴致来了，取下木梆，站到门外的土坪里，或轻或重地敲打几声，像一个顽皮的细伢崽。

常守山对妻子说："只有一种东西我打造不出来，那就是手机！但我会玩手机，这就是古人所说的：'君子使物，不为物使。'"

一个农民说出这样的话，不但妻子听不懂，村民也听不懂，不简单啊。常守山虽只念过初中，但他喜欢读书自学，传统国学的普及本他就买了不少，夜晚灯下，他津津有味地读着，手不释卷。

常守山夫妇一直没有孩子。妻子总是心怀愧疚，常守山说："我们有养老保险，这比儿女还靠得住。"

村里第一个玩抖音的，是常守山。

初冬，常守山去竹山挖冬笋。他把手机固定在一根三四尺长的细竹竿上，由妻子举着，视频或近或远地对着他。最有趣的是他头扎白毛巾，背着一个很大的竹背篓，背篓里放着一把短柄二齿锄；左手拿着木梆，右手拿着竹根棒槌。他像电影《平原游击队》中那个敲梆人一样，先敲几声梆，然后喊道："平安无事啊——"妻子笑得差点岔了气。常守山又说道："冬笋是美味，人人都想吃。最好的冬笋藏在土下不冒尖，可怎么才知道它藏在哪里呢？我来告诉你。"

背景是远山苍翠，近景是一片青绿的竹林。常守山先介绍怎么找到竹笋。一是看竹叶，哪棵竹子的竹叶青葱茂密，它肯定孕育着冬笋。二看竹枝，竹枝的走向便是竹鞭的走向，找到竹鞭就找到了冬笋。三看竹干颜色，青亮光滑的，说明竹龄短，冬笋就在竹根附近；光泽发暗还有白色斑点的，则是老竹，竹鞭长，冬笋离竹根就远一些。解说中，出现一个一个的画面。接着，是常守山用短柄二齿锄，挖出一只一只肥硕的冬笋，丢进背篓里。结束时，他又敲响几声梆，说："常家村，家家有竹林，请来这里旅游观光，采购冬笋，体验挖冬笋的乐趣！"

妻子问："你怎么不说请来我们常家？"

"到哪家不是一样？常家村是一家人。"

这个抖音在网上一发出，马上爆红。村民们很感动，赶快转发到各自的抖音。

沿着云缠雾绕的山区公路，私家小车、电商的货车，一拨一拨地来到常家村，看风景，吃农家饭菜，采买土特产。许多人家还有客房，可以供游客安闲地住宿。

常守山家有四间客房，总是住得满满的。

他领着客人去游山，手里提着木梆。山谷里、岔道边、密林中，不时地敲两下，提醒客人不要走散了。到了快吃饭时，他的妻子在家门前敲响三声梆，他也回应三声梆，表示马上会转回来，比打手机还便捷。半夜三更，客人已沉入梦乡，常守山会披衣起床，说是去院墙外巡查，轻轻敲几声梆。

妻子说："还用得着你去敲梆报时吗？"

"不是报时，是报平安。家在梆声里，这个念想就很温馨。"

"老常，你是个人物！"

如今，村民们常去常家索取木梆。

"常爷，我来求个木梆敲一敲！"

常守山拍了拍手，说："好！"

一街香羊肉馆

夕阳西下，风清气凉。

五十岁出头的阳欣，走出了他下榻的朔方宾馆。他的鼻翼有力地翕动了几下，分明嗅到有饭菜的芳香自西边的一条小街飘来，心中一喜：那儿该有个好吃处！

阳欣是个著名的文物鉴定家，供职于南方的一家省级博物馆。他的强项是古瓷鉴定，什么东西拿到他手里，扫几眼，抚一抚，掂一掂，就能断定出自哪个年代哪个窑口，是官窑还是民窑。他博览群书，腹笥丰厚，不但能识出真假，还能引经据典析辨源流，已有十几本专著问世。

他之所以来到这西北的小县，是该县博物馆馆长，他当年的老同学，邀请他来看一看该馆历年库存的一批古瓷器，帮忙"掌掌眼"后，以便向公众开放展览。既是公事，又可来看看阔别多年的同窗，公私兼顾，多好。按照东道主的安排，上午工作，下午休息。阳欣提了一个要求：中午和主人一起在食堂共进午餐，然后把他送回宾馆，就不要管他了，晚饭由他自行安排，互不干扰，主人自然是悉听尊便。

阳欣还是个美食家，不但会吃，而且会做，在家没事时喜欢琢磨各种菜品的制作。家中小院种着许多花草蔬菜，芙蓉花、晚香玉、马齿苋、荠菜、小青竹……他随手采来便可成为菜肴的原料。比如用芙蓉花和豆腐做成"雪霁羹"，洁白的豆腐上飘着淡红的花瓣，真如雪后飞霞；小笋子出土时，拔几根洗净去皮，切成细段，下油烹炒后，再打两个鸡蛋，煎出黄中泛翠的"金镶玉"。至于各种禽畜之肉，他都有妙法烹饪。朋友称他为"儒厨"，因为他做的菜既有书卷气，也有诗的想象，调和五味，管领水火，一般的烹饪师难以比肩。

他七弯八拐走进了这条小街，从油烟味中知道这些小饭馆多以牛羊肉为主要原料。北地多牛羊，取之方便，但不知烹饪得怎样。他喜欢清静，便走进了街尾的一家门脸很小厅堂很小且没有一个客人的"习均羊肉馆"。刚到门前，一个二十多岁的小伙子迎了上来，殷勤地说："先生，里面请。"

阳欣看了看小伙子，眉清目秀，上下也穿得干干净净，就点了点头，跟着走进厅堂，拣一张桌子，坐下来。小伙子手脚麻利地泡上茶，然后递上薄薄的菜单。

阳欣猜测，这小饭馆的名字应该是小伙子的名字，这冷清劲说明生意不好，只好老板、厨师、跑堂一肩担。

阳欣扫了一眼菜单，说："我先点个焦酥羊肉，来二两酒，好吗？"

习均喊声"好咧"，进厨房去了，声音很甜很脆，"响堂亮灶"，有份儿。随即，厨房里的刀、砧、锅、勺也响了起来。

过了一阵，一大盘焦酥羊肉端了上来，还有一把小酒壶和一只小酒盅。

阳欣斟上酒，不忙着喝，先举筷夹了一块焦酥羊肉放进口里，细细品嚼。嚼着嚼着，眉头皱起来了，然后把筷子重重一搁，叫道："小习，你来！"

习均慌忙跑过来，毕恭毕敬地站着。

"这不行。焦过头了，有煳味；却又不酥，咬着黏牙。你得重炒！"

习均和气地说："先生，对不起，我重炒，您稍候。"

焦酥羊肉再次端上来时，阳欣又尝了尝，依旧说："难以下咽！谁教你的活？"

"一个乡下厨师。还花了两千元的拜师钱哩。先生，我再炒一次试试。"

阳欣叹了口气，说："你是个老实厚道人，就别浪费材料了。你到街上去买几个小秋梨来。今儿我反正没事，教你几招。"

习均飞快地去买了梨来。

阳欣系上围腰，走进了厨房。厨房很洁净，各种菜料、配料、调料摆放得井井有条，这让他有了一种"技痒"的感觉。

先炒焦酥羊肉。阳欣取一块肋条羊肉，去骨，烙去残存的毛后用温水浸泡一阵，再刮洗净，升起猛火，放入冷水锅烹煮。煮熟后捞出来又清洗一遍，装入盆内（皮朝下），放入盐、糖，拍碎的葱和姜，还有桂皮、料酒；上笼蒸烂后取出晾凉，扯下羊肉皮切成长条，将肉切成丝，拌上味精、盐和胡椒粉。接着，用鸡蛋、面粉、淀粉和适量的水调制成糊，放入羊肉丝，拌匀成馅。然后，再择洗了一把香菜。

"习均，你看着！我取平底盘，抹上油，放入鸡蛋糊，把切成条的羊肉皮，要皮朝下均匀摊上，将羊肉馅放在羊皮上按平。然后在铁锅中烧沸花生油，用铁铲把羊肉推下去，边炸边按薄，炸到表面凝结了，再翻过去炸，现出浅黄色就可以了。上桌前，切成条摆放入盘，淋花椒香油，也就酥香松脆，是一道下酒的好菜。你记住了吗？"

"记住了。"

阳欣接着做梨丝炮羊肉。习均记住了，切条的羊肉爆炒到快出锅时，才将洗净切好的粗梨丝放入，铁铲搅拌几番，赶快入盘，又香又脆，这条街上没有这道菜。

习均特意寻出一瓶"茅台"，一老一少，坐在小厅堂里边吃边聊。

临走时，阳欣搁下五百元钱，说："你不要推辞，先收下。庖厨虽小艺，却不可不读书明理。你先把这两道菜推出去，准火！明天傍晚我再来，再教你做两道菜。"

四天过去了。第五天的傍晚，阳欣还是没有来！

习均想：只知道这个人叫阳欣，住在朔方宾馆，是那里的大厨师吧，明天上午一定去找找他。

朔方宾馆没有叫阳欣的厨师！习均却从住房登记册上看到订房间的单位是县博物馆，便又赶快去了那里。

馆长听了原委，哈哈大笑。

"习均，你遇到高人了。他是我的老同学，文物鉴定专家，不到一个星期，把馆里的古瓷都鉴定了一遍。还会鉴人，说你是个可以造就的厨师，为人忠厚、谦和，脑瓜子也灵，所以要帮帮你。"

习均愣了，然后问："阳先生呢？"

"他家里有事，匆匆回南方去了。他给你用宣纸写了个匾额，又用小楷字写了一沓菜谱，托我交给你，还嘱咐我们，如上馆子就到你那里去。制匾的钱，他也留下了。"

习均展开一张四尺宣纸，上写六个隶字：一街香羊肉馆。落款是：湘人阳欣。

习均的手抖动起来，泪花哗哗地涌出了眼眶。

史　证

　　一个人辛辛苦苦工作几十载，鬓微霜，眼渐昏，到了花甲终于可以退休归隐，去含饴弄孙了，但那份对单位对专业对同事的眷恋之情，却又会变得更加稠酽。正如宋词中的名句所状："去也终须去，住也如何住。"

　　湘楚市博物馆的古籍修复师沈君默，满六十岁这一天，一上班就拿着申请退休报告，疾步走向馆长刘政和的办公室，似乎一刻也不想停留了，真是咄咄怪事。

　　沈君默个子不高，微胖，慈眉善目，满脸是笑，远看近看都像一尊佛。他不留胡须，下巴总是泛着青光，也不留头发，一年四季都是光头。他说搞古籍修复，图的是一个干净，以免工作时为掉落的一根两根须发分神。这辈子他修复过多少珍本、善本？数不清。无论古籍损坏到什么程度，他都能令其起死回生。

　　沈君默的爷爷、父亲都是干这个行当的，他从十八岁一直干到六十岁，整整四十二年。儿子沈小默从大学的历史系本科毕业后，特招进馆跟着他参师学艺，一眨眼也三十出头了。

　　沈君默有孙子，刚刚四岁。有人问："你孙子长大了干什么？"

　　"还能干什么？干祖传的手艺。"

　　修复一本破损的古籍，就有十几道工序：拆解、编号、整理、补书、拆页、剪页、喷水、压平、捶书、装订……不光是补虫眼、溜口（补书口），这很容易。难的是把经水浸后整本书页粘在一起的古籍，如"旋风装""蝴蝶装"等，经过特殊工艺处理，逐页分离修复，而且要修旧如旧，非高手不可为。

沈君默来到长廊尽头的馆长室门前，正要举手叩门，门却忽地敞开，走出笑吟吟的刘政和。"沈先生，我在等着你哩，请进！托朋友从杭州买来的龙井'明前茶'，已经给你沏上了。"

"谢谢。"

刘政和原供职于历史研究所，调到博物馆来不到三个月。为人谦和，腹笥丰盈，而且不徇私情，全馆上下对他印象颇佳。前任馆长章扬升迁为文化局副局长，在刘政和上任几天后，忽然来馆里检查工作，顺带提出要借走库存的古籍《归隐录》回家去研究。刘政和立马回绝，说："章局长，这是不行的，你可以到这里来读，但古本书是严禁外借的。你是这里出去的，应该知道这个规矩，请海涵。"章扬哈哈一笑，说："我是想试试你，你果然坚持原则。"

沈君默和刘政和，在一个古拙的茶几边坐下来，玻璃杯里的龙井茶飘出清雅的香气。

"沈先生，请尝尝。"

"好。嗯，不错，是正宗的龙井村那块地方的货色。"

"沈先生，我知道你口袋里肯定揣着退休的申请报告。可你不能走啊，我想延聘你一段日子。"

"唉，人老了，眼花了，干不动了。再说，馆里有我的学生、我的儿子，他们在修复古籍上可以独立操作了。"

"恕我直言，他们比你还差点儿火候。馆里有一大册本地前代名人写的《归隐录》，年代久远，水浸、虫蛀，不但粘连在一起，还破损厉害，你不想修复？"

沈君默摇摇头，叹了口气，说："不……想，想也是白想。"

刘政和解开中山装的领扣，喉结上下蠕动，目光变得锐亮，大声说："我调查过，你曾向章扬申请修复这本古籍，他说这书没什么价值，不批准。还说，库里要修复的古籍多着哩，你为什么要单挑这本？你怎么回答？"

"我不能说。"

"我现在来替你说。我在历史研究所厮混多年，读过不少书，尤其是有关乡邦历史的书。《归隐录》的作者，叫章道遵，字守真，清道光朝的吏部官员。官方史书上称他为能臣、廉吏，风头很健，五十四岁时，皇帝忽然下诏，允其多病之身告老还乡。他回乡后，意气消沉，关门谢客，写了这本《归隐录》，没有付梓刻印，只是聘人手抄了十本，故传世稀少。他是六十岁时辞世的。"

"对。"

"但在当时的野史中，也有人说到他任吏部要职时，暗中受贿，在老家置办田产、房产。但没有佐证的史料，他的形象依旧光彩照人。因章道遵是个真正的读书人，敬儒知耻，我揣测是不是《归隐录》中，有关于这方面的文字。"

"当然有！"沈君默霍地站起来，大声说。

"你读过这本书？"

"我家有《归隐录》的半本残页，是我爷爷解放前收藏的，中间有数则是章道遵写他忏悔平生有过的不洁言行，以及皇上对他的宽宥，让他体面地回乡养老。"

刘政和喝一大口茶，拍了拍脑门，说："我明白了，为什么章扬不让你修复此书，为什么我任职之初他要借此书回家研究。他虽未读过此书，但害怕书中有什么不利于先祖的文字。因为，章道遵是章扬的先祖，章扬曾写过文章力赞先祖的德行。"

"刘馆长，章扬的为尊者讳，可笑。他的先祖却敢自揭其短，倒是令人钦佩。"

刘政和嘴角叼起一丝冷笑，缓缓地说："恕我直言，你也把我小看了。我想延聘你修复《归隐录》，你愿意吗？"

沈君默低头不语。

"你在想，博物馆隶属于文化局，章扬是分管我的领导，我定然不敢同意，是不是？"

"是。"

"还原历史的真相，是我们的责任。文天祥《正气歌》说：'在齐太史简，在晋董狐笔。'这个节操，我还是有的，有什么可怕的。你有什么条件，请讲。"

"我没什么条件。我到退休年纪了，请批准；延聘多长时间，由你定。我照常上班，每月拿退休工资，不拿任何补贴。"

"我都依你。来，让我们以茶代酒，碰个杯，祝诸事顺吉！"

"好！我自个儿的归隐录，今天就是开篇第一章。"

……

半年过去了，《归隐录》已精心修复，又影印一百部准备分赠本市的档案局、历史研究所、图书馆及本省、外省的有关部门。为此，博物馆举行了隆重的新闻发布会，所请贵宾手中的请柬，都是刘政和用漂亮的小楷所书。

贵宾中只有章扬没有到场。

方　言

湖南的湘潭，是座历经千年风雨的古城。

我生于斯长于斯，一眨眼已是半百年华。

尽管我国推行普通话年深月久，但古城的子民在日常交谈中，依旧是一口湘潭方言，说起来顺溜，听起来开心。

我到外省去读过大学，毕业后回到湘潭，在一家大型工厂搞技术工作，经常到全国各地出差。离开本地不能不说普通话，但湘楚方言的口音太重，夹杂在一起，人家听不懂，比如"国"字，听起来像"诀"。湘潭人见面打招呼，说："衙内，这一向身体可好？"意思是：尊贵的您，这段日子身体可好？这"衙内"是称对方为"高门大户里的人"，有地位也有身份。但在外地不能这样说，"衙内"容易听成"伢崽"，那是儿孙辈的人物，会引起不必要的误会。

俗语说，美不美，家乡水；亲不亲，故乡人。其实，后两句应是"亲不亲，故乡音"。有研究方言的学者说：一个地方的方言，紧紧绾系于血脉故乡的脐带之上，承载着这个地方独有的生活方式和情感地图。

我曾有多次机会调离湘潭，却毫不动心，最能说服自己的理由，是我喜欢湘潭的方言氛围。

再过半个月就是清明节了。

受厂领导委派，我来甘肃临夏市出差，已经一月有余，为一家制造风力发动机的兄弟厂解决一些技术问题，任务圆满完成，明天可以回湘潭了。

主人贤，同行亲，工作顺，吃住安。只是我要全神贯注地说半拉子不利索的普通话，对方也必须扼住方言说普通话，双方才有交流。晚上回到宾馆，只觉得喉咙干涩、口舌麻木。这时候可以说湘潭话了，说给谁听？明日要打道回府了，满怀的快意，忍不住对着镜子大声说："衙内，你这一向憋苦了！"

今夜天清地爽，高原的月亮又大又圆。

推开窗，见宾馆不远处有一条小街，还有零星的灯火。这些日子工作忙，就没去看看这条小街的风采。明日要走了，且去游走一番，也算是告别仪式。

看着表，不过九点来钟。这条小街的店铺大多关门了，街上也没几个行人。如果在南方，夜市才拉开序幕，深更半夜都人气火旺。

我的耳朵忽地支棱起来，是一男一女很响亮的争吵声，而且是一口湘潭方言。

"蠢鳖！年年清明都回老家，这回你怎么死硬不同意？"

"你是条不明事理的蛮牛！崽快要高考了，我们不能离开他。"

"他在学校寄宿、吃饭，你担心个鸟！"

"假如崽病了呢？"

"呸、呸、呸！"

"反正今年不回去，一来一去好些天，耽误了生意，崽考上了大学，要用钱哩。"

正经的湘潭夫妇，地道的湘潭方言！"蠢鳖"是男人骂老婆的常用语，"蛮牛"是女人咒男人的恶话，"崽"即儿子，"呷饭"即"吃饭"。

在这一瞬间，我亢奋起来，方言牵引我迈开脚步，来到一个门脸不大的小店前。抬头一看，门脸上方挂着一块匾额，黑底金字：湘潭煮麻花店。煮麻花是湘潭的传统风味小吃，先用面粉做成麻花，用油炸好后，再下锅煮得松松软软，用漏勺捞起，倒入一个放了肉骨头汤、香油、盐、醋、剁辣椒、葱花、姜丝、蒜丁的大瓷碗里，味道好极了。我多少日子没吃了，感到喉咙里痒得难受。

店堂里只摆了四张小桌子，一男一女，都是四十多岁的样子，脸红脖子粗，隔着桌子扬手跺脚地斗嘴。

我大步走进店堂，拱了拱手，湘潭话"喽"地就溜出来了："衙内！慢乎里（且停下来），没想到咯里（这里）还有煮麻花。老乡亲，快给我上一碗！"

这对夫妻马上停止争吵，脸上浮起笑。女的客气地说："来了稀客，请落座！"

男的说："还不快去下厨！"

"好嘞——"女的声音很好听。

男的也赶快招呼我坐下，取下搭在肩头的白抹布，把原本很干净的桌面飞快地擦了一遍。

"衙内，我在咯里开店十几年了，我们硬是没照过面。"

"我是从湘潭出差来临夏的，住在附近的一家宾馆。"

"你是怎么找到店里来的？"

"我明天要回湘潭了，出来遛一遛，听见二位老乡亲吵嘴，亲切得要命，就顺着乡音找来了。"

"让你见笑了，真的丑死人。我叫楚雨风，她叫唐湘莲，老家在湘潭中路铺镇楚家村，离齐白石的故居不远。"

"我姓赵，名望岳。那地方我去过，有公交车直达。"

一会儿，唐湘莲端来了一碗煮麻花，说："你尝尝，是不是湘潭的老味道！"

"谢谢。多少钱？"

楚雨风按住我掏钱包的手，说："你见外了。难得老乡亲光临小店，我请客！"

"这如何要得？白吃白喝，愧领了。"

两口子在另一张桌子边坐下来，挨得很近，好像忘记了刚才的吵嘴。

我吃着可口的煮麻花，喝着热辣辣的汤，头上冒出细细的汗珠子。

我问："你们多久没回老家了？"

楚雨风说："每年清明节前赶回去，看望爹娘，和几个兄弟团聚，再去祭扫祖坟。"

"今年也准备回去？"

"是的，她不肯。"

"你老婆的说法是对的，你们的崽要高考了，大事啊。你们今年不回去，属特例，亲人能理解，也会代你们去烧香、叩头的，以后还有的是机会。"

楚雨风说："那也是。久离故土，只是心里想得慌。"

我说："谢谢二位的款待。我想起古人有个法子，可以让你们心安。我回湘潭后马上去你们老家那个地方，铲一袋子山土快递过来。你们把山土放在花盆里，栽一棵松树苗。将花盆搁在阳台上，时刻都可以看见，这叫不离故土解乡愁。来，我们彼此留下地址、手机号、微信号，以后多联系。"

"好！"

"太好了！"

……

我回到湘潭，开着自家的小车去了中路铺的楚家村，带回一布口袋的山土，又专门去城中的中心快递站，快递给楚雨风夫妇。我选取这个过程的几个主要场景，用手机拍了照，再用微信发给他们。

楚雨风收到照片后，马上用手机微信的视频通话连接上我。他用湘潭方言说："衙内！谢谢你，让我忘不了巴酽的故土情！"

"巴酽"即又浓又稠的意思。我的心醉了。

冷　松

太平巷静得像大山中一条幽深的峡谷。往日麻石板铺砌的巷道上脚步杂沓，现在听不到了。

鼠年的立春日，静悄悄地来了。

冷家的庭院里，金灿灿的阳光洒了一地，柳枝上有了星星点点的绿芽儿，挨墙花架上的几盆杜鹃绽开了火苗似的花朵。

上午九点钟，叶苇的手机铃声响了，她一看屏幕上的字，冷冷地说："是游萍打来的。"

"老婆子，快接。"坐在旁边的冷松说。

"我不想接。"

"你又犯倔了是不是？也许是小孙女冷点点打来的呢？"

叶苇赶快接通手机。

"奶奶，我想你了，想爷爷了！"

叶苇脸上浮出了笑，说："我们也想你，点点！我知道你妈站在旁边，让她跟你爷爷说话。"

冷松接过手机，说："是游萍吗？先别哭，有什么难处只管讲。"

叶苇不屑地"哼"了一声。

就在这时候，一个蓄着小辫子的姑娘走进了堂屋，手里还拿着一本数学书。等冷松打完了电话，她急切地问："爷爷，是我妹妹打来的电话？"

"是的，还有你妈妈，向大家问好哩。圆圆，你去听网上的课吧，备战高考，松不得劲。"

冷圆圆迟疑了一下，头一低，回房去了。

叶苇小声问冷松是怎么一回事。

"游萍带着点点住在乡下的娘家，那儿没有网络，点点今年小学升初中，老师在网上授课，她没法听。游萍想把点点送到我们家来。"

"你同意了？"

"当然。家里有电视机，还有手提电脑，姊妹俩可以分开听课。"

"什么时候来？"

"她们马上坐城郊公交车来，午前可达。"

"届时我到巷口去接点点，游萍就不要进这个院子了。"

冷松说："你记着我的话，游萍虽然和儿子离婚了，她还是两个孙女的亲妈，就当她是我们的一个亲戚，大家和和气气有什么不好？"

叶苇说："你最会用的方法，叫'骤冷'。"

"不错。"

冷松七十岁了，退休前是本地一家大型炼钢厂的总工程师。这家炼钢厂，专炼高强度、抗疲劳、耐腐蚀的特种钢。叶苇是中学语文教师，常听丈夫讲炼特种钢的事，听来听去就两个字：不懂。但她记住了丈夫的一句话：特种钢冶炼技术林林总总，骤冷是关键。就像蔬菜的速冻保鲜，需快速锁住水分和营养。钢铁也一样，冷却快速均匀，能使钢铁晶粒细化和强化！

叶苇和冷松在一个屋檐下生活了几十年，她发现冷松在生活中，常使用"骤冷"之法，比如对待儿子冷溪和儿媳游萍的婚姻。

冷溪大学毕业后，应聘到一所中学去教数学，忽然与超市当营业员的游萍"好"上了。叶苇哪能同意这门亲事，儿子之所以看中游萍，就是因为游萍的"颜值"。游萍家是农村的，又只是个高中生，特别爱打扮。可儿子决不肯让步，和叶苇在家里死磕死闹，只是邻居不知道罢了。冷松的态度很冷静，只对儿子说了三句话："自由恋爱，天下之大势，你认准了她，我们不反对；以后婚姻发生什么情况，你不要后悔；有什么困难，我们不会袖手旁观。"

儿子破涕为笑，和游萍喜结连理。

小夫妻不需要买房，住进了这个宽敞的庭院。大孙女圆圆，小孙女点点，相继诞生了，长大了。

三年前的一天，游萍突然带着小女儿点点离开了冷家，回娘家去了。她给叶苇打了个电话，说她要离婚，冷溪不在离婚协议书上签字，他们当爷爷奶奶的就别想再见到点点！

把儿子叫来一问，他们暗地里闹离婚几个月了。起因是游萍在网上突然与在老家读中学时的同学重逢，那同学现在是个乡村企业家，刚刚离婚，于是她被甜言蜜语冲昏了头。

叶苇一腔怒火，叫儿子不要理会她，大吵大闹也不要怕。冷松说："天要落雨，娘要嫁人，婚姻大事勉强不得。儿子，你是男子汉，去把字签了！"

小夫妻离婚后，在一个上午，游萍还记着在这里住了多年的情分，带着点点来拜别爷爷奶奶。冷松拉着叶苇去了巷口。叶苇原以为冷松是想把游萍母女挡在巷口见个面，寒暄几句了事。没想到冷松说："回家吧，吃个最后的午餐。游萍，我们没有女儿，你就当是娘家吧，常来走走。"

这顿饭吃得很平和，也吃得很伤感。

冷松对点点说："你想爷爷奶奶了，就打电话来，我们来接你。"

圆圆对妹妹说："点点，姐姐舍不得你。在学校如果有人欺负你，告诉姐姐，我去揍他。"

游萍的眼睛红了，涌出了泪水，掏出手帕慌忙揩去。

点点问："爸爸呢？"

冷松说："他在学校忙，来不了。他留下一个红包，让我交给你，里面是五千元钱，你的生日快到了。"

……

游萍领着点点回了老家。游萍在一家镇上的小超市上班，点点在镇上小学读书。

春秋轮换，游萍的男朋友并没有和她结婚。她明白了人家是哄她的，这个亏吃大了，可也不好意思再回城里工作。

但每隔一段日子，冷松必拉着叶苇，带上圆圆，坐一个半小时的城郊公交车来看游萍和点点，给她们送来一些水果、点心，还要留下一些钱。冷松他们却从不肯留下来吃饭，怕麻烦游萍。

……

中午的时候，叶苇的手机又响了，一接，是游萍打来的，说她和点点正在巷口。

"老冷，点点来了。"

"叫上圆圆，我们一起去接吧。我已告诉游萍，点点突然离开妈妈会不习惯，让她也住下来陪着，家里还有空房子。"

"今天轮到儿子在学校值班。这件事没告诉他，他会不会有意见？"

"三年了，儿子不是没谈过女朋友，都没成；游萍在猛醒后，也没再想成家。这场变故，会让他们明白许多道理。古人云——"

叶苇脱口而出："死生亦大矣。"

"对。"

老人与马

马千里一辈子都不能忘怀的，是他的亲密战友小黑。小黑为掩护他，牺牲在湘西剿匪的战斗中。他至今记得一身是血的小黑已无法站立起来时，却把头向天昂起，壮烈地长啸了一声，欲说尽心中无限的依恋，然后死去的画面。

小黑是一匹马。

马千里已八十有三，在他的心目中，小黑永远年轻地活着，活在他的大写意画里，活在他画上的题识中。可如今他已是油尽灯枯了，当时留下的枪伤，后来岁月中渐渐凸现的衰老，特别是这一年来肝癌的突然逼近。他对老伴和儿女说："我要去和小黑相会了，何憾之有！"

他的家里，画室、客厅、卧室、走廊，到处挂着关于小黑的画，或中堂或横幅或条轴，或奔或行或立或卧，全用水墨挥写而成，形神俱备。只是没有表现人骑在马上的画，问他为什么。他说："能骑在战友身上吗？现实中有，我心中却无。"题识也情深意长，或是一句警语，或是一首诗，或是一段文字，不是对马说的，是对一个活生生的"人"倾吐衷曲。

马千里不肯住在医院里了，药石岂有回天之力？他倔强地要待在家里，这样随时可以看到画上的小黑，随时可以指着画向老伴倾诉他与小黑的交谊。尽管这些故事，他此生不知向老伴讲了多少遍，但老伴总像第一次听到，简短的插话推动着故事的进程。

"我爹是湘潭画马的高手，自小就对我严加督教，'将门无犬子'呵，我的绘画基础当然不错。解放那年，我正上高中，准备报考美术学院。"

"怎么没考呢？"老伴问。

"解放军要招新兵了，我和几个要好的同学都向往戎马生涯的诗情画意，呼啦啦都进了军营。首长问我喜欢什么兵种，我说想当骑兵。"

"你爹喜欢马诗和马画，你也一脉相承。唐代李贺的《马诗二十三首》，你能倒背如流。最喜欢的两句诗是：'向前敲瘦骨，犹自带铜声。'"

"对。部队给我分配了一匹雄性小黑马，我就叫它小黑。小黑不是那种个头高大的伊犁马或者蒙古马，而是云贵高原的小个子马，能跑平地也能跑山路。它刚好三岁，体态健美、匀称，双目有神，运步轻快、敏捷，皮毛如闪亮的黑缎子，只有前额上点缀一小撮白毛。"

"小黑一开始并不接受你，你一骑上去，它就怒嘶不已，乱跳乱晃，直到把你颠下马来。"

"你怎么知道这些？"

"你告诉我的。"

"后来老班长向我传经，让我不必急着去骑，多抚小黑的颈、背、腰、后躯、四肢，让其逐渐去掉敌意和戒心；喂食时，要不停地呼唤它的名字……这几招，果然很灵。"

"因为你不把它当成马，而是当成人来看待。"

"不，我是把它当成了战友。不是非要骑马时，我决不骑马，我走在它前面，手里牵着缰绳。"

"有一次，你失足掉进山路边的一个深坑里。"

"好在我紧握着缰绳，小黑懂事呵，一步一步拼命往后退，硬是把我拉了上来。"

"1951年，部队开到湘西剿匪，你调到一个团当骑马送信的通信员。"

"是呵，小黑也跟着我一起上任。在不打仗又没有送信任务的时候，我抚摸它，给它喂食，为它洗浴，和它有一搭没一搭地说话。它不时地会咴咴地叫几声，对我表示亲昵哩。"

"你有时也画它吧？"

"当然画。用钢笔在一个小本子上画，画小黑的速写。因老是抚摸它，它的骨骼、肌肉、鬃毛我熟悉得很，也熟悉它的喜怒哀乐。只是当时的条件所限，不能支画案，不能磨墨调色，不能铺展宣纸，这些东西哪里去找？"

"你说小黑能看懂你的画，真的吗？"

"那还能假？我画好了，就把画放在它的面前让它看。它看了，用前蹄轮番敲击地面，又咴咴地叫唤，这不是'拍案叫绝'吗？"

老伴开心地笑了，然后说："你歇口气再说，别太累了。"

马千里靠在床头，眼里忽然有了泪水，老伴忙用手帕替他揩去。

"1952年冬天，我奉命去驻扎在龙山镇的师部取新绘的地形图和电报密码本，必须当夜赶回团部。从团部赶到师部，一百二十里地，正好暮色四合。办好手续，吃过晚饭，再给小黑吃饱草料。我将事务长给我路上充饥的两个熟鸡蛋，剥了壳，也给小黑吃了。这个夜晚，飘着零星的雪花，寒风刺骨，小黑跑得身上透出了热汗。"

"半路上要经过一片宽大的谷地，积着一层薄薄的雪花，小黑突然放慢了速度，然后停住了。"老伴说。

"是呵，小黑怎么停住了呢？累了，跑不动了？不对呀，准是有情况！夜很黑，我仔细朝前面辨认，有人影从一片小树林里走出来，接着便响起了枪声。他娘的，是土匪！我迅速地跳下马，把挎着的冲锋枪摘下来端在手里。这块谷地上，没有任何东西可作掩体，形势危急呵。小黑竟知我在想什么，蓦地跪了下来，还用嘴咬住我的袖子，拖我伏倒。"

"它用自己的身体作掩体，真是又懂事又无私。"

"好在子弹带得多，我的枪不停地扫射着，直打得枪管发烫，打死了好些土匪。我发现小黑跪着的姿势，变成了卧着、趴着，它的身上几处中弹，血稠稠地往外渗。我的肩上也中了弹，痛得钻心。我怕地形图和密码本落入敌手，把它捆在一颗手榴弹上，一拉弦，扔向远处，'轰'的一声全成了碎片。"

"小黑牺牲了，你也晕了过去。幸亏团部派了一个班的战士骑马沿路来接你，打跑了残匪，把你救了回去。小黑是作为烈士埋葬的，葬在当地的一座陵园里。"

"后来，我被送进了医院……后来，我伤好了，领导让我去美术学院进修……后来，我退伍到了地方的画院工作。"

"几十年来，你专心专意地画马，画的是你的战友小黑。用的是水墨，一律大写意。名章之外，只用两方闲章："小黑""马前卒'。你的画，一是用于公益事业，二是赠给需要的人，但从不出卖。"

"夫唱妻随，你是我真正的知音。"

在马千里逝世的前一日，他突然变得精气神旺盛，居然下了床，摇晃着一头白发，走进了画室。在一张六尺整张宣纸上，走笔狂肆，画了着军装、挎冲锋枪的他，含笑手握缰绳，走在小黑的前面；小黑目光清亮，抖鬃扬尾，显得情意绵绵。大字标题写的是"牵手归向天地间"，又以数行小字写出他对小黑的由衷赞美及战友间的心心相印。

待钤好印，马千里安详地坐于画案边的圈椅上，慢慢地合上了眼睛……

望星空

耿耿星河欲曙天。

只要是老天不下雨不落雪，每晚八点，满头华发的耿星河，就必到楼顶的露台去眺望星空。

在古城湘潭河东昭山下的这个社区，他家住在一栋二十层楼的顶层，只有顶层才有一个宽大的露台，只有宽大的露台才好安置一台体量不小的远程望远镜，只有远程望远镜才能让他看清那些动和不动的星。

耿星河供职的单位，处在湖南与贵州交界的一片大山中，代号为"望星空"。六十岁时耿星河本该退休，他和领导软磨死缠，又干了五年。高寒山区雪冷风寒，过早地染白了他的头，刻皱了他的脸。

领导和同事祝贺他："你和嫂子牛郎织女了几十年，也该去朝夕相守了。"

他忽然老泪纵横，说："牛郎、织女都老了，聚与别都习惯了。唉，离开了'望星空'，我就再也回不来了。"

"望星空"是不为外人所知的卫星测控中心，从卫星升空直到它完成使命，全方位对它进行跟踪、测量、控制，以及运行中的故障诊断与维修。他们自称"牧星人"，浩渺的天宇是牧场，大小星系是河流、溪涧，卫星是天马神骥。

儿子耿小星是湘潭一家私营企业的董事长，在父亲告老还乡之前，特意为二老在同一社区置办了这套顶层的房子，置办了一架远程望远镜安放在露台。"爹，你回到老家，想念老同事了，可以夜夜眺望星空。"

耿星河说："知父莫如子。好！"

耿星河出生在一个秋夜，正星斗满天，当语文老师的父亲浮想联翩，从古诗"耿耿星河欲曙天"中，拈出三个字组成儿子的姓名。姓名似乎成了一种先兆，耿星河读小学、中学时，对天文星象兴趣盎然，是业余天文小组的铁杆成员。大学读的是宇航动力专业，毕业后因成绩优异分配到卫星测控中心。

几十年飞快地过去了。星河依旧邈远，恒定地不衰不老。而一代代牧星人，从韶华步入老境。耿星河也经历了人生凡俗的轨迹：恋爱、结婚、生子、退休。不过，他和妻子芦管一直是两地分居，如银河两岸凝目相望的牛郎织女，只有探亲时才能团聚。领导多少次征求耿星河的意见，把他远在老家的妻子调来，他都婉谢了。他知道妻子离不开那所聋哑学校，离不开一拨接一拨的聋哑孩子。作为一个模范教师，她的口语和手语出类拔萃，培养过不少残疾孩子学有所长，到"望星空"来她会英雄无用武之地。

耿星河揖别"望星空"时，不禁想起宋词中的一句"去也终须去，住也如何住"，心上涌出淡淡的悲凉。他交割了全部的资料、图纸、手稿，征得领导同意，只带走了他公开出版过的一本书——《卫星机动轨道的测算与修正》，那里面密布着令外人感到乏味的数据，而在他眼里却如至交好友。他在一种复杂的心情中，回到故乡，回到妻子和儿孙的身边。

幸而可以夜夜望星空。望恒星、行星、流星雨，还可以搜索到本星系新星、系外新星、掠日彗星……可是，看不到卫星，只有卫星测控中心才知道卫星运行的轨迹，以及到达某地上空的精准时间。他望星空，只是一种心理上的安慰而已，和他的单位"望星空"相距遥远，便生出许多惆怅。

每晚十时，芦管会准时到露台，和耿星河并排坐在一把长靠椅上。

"星河，歇歇吧，我想听你讲牧星人的故事。"

"谢谢你。这顶层住房多好，'山月临窗近，天河入户低'。"

"唐代沈佺期《夜宿七盘岭》中的句子。好记性！"

"夫人在古诗词上远胜于我。白天无星可看，承你指点，我专读古人写有关日、月、星、风、云的诗。"

"聊解思念之情。"

"是啊。"

"我现在对宇航方面的知识特别感兴趣，因为我的先生是个牧星人。"

耿星河双眼蓦地发亮，说："谢谢。我来讲一件难忘的事：十多年前，秋风萧瑟时，我国的一颗遥感卫星突发故障，在太空中急速翻滚，星上的能源完全消失，只有阳光照射到太阳能帆板时，才有几秒钟信号反馈。"

"这怎么办呀？"

"如果不能抓住每次几秒钟的卫星加电时间，注入控制指令，价值十几亿元的卫星将成为毫无用处的太空垃圾。"

"哦！"

"经过持续的仿真分析，我们终于掌握了规律，准确预测出卫星最大的供电时间段，于是我们指令远望号测量船在南半球上空捕获卫星，注入遥控指令，让卫星恢复正常运行。你猜，这次太空营救花费了多少时间。"

"猜不着呵。"

"六十九个日夜！"

芦管像小女孩一样鼓起掌来，大声说："太奇妙了！"

耿星河无端地叹了口气。

"星河，是不是觉得你像那颗能量消失的遥感卫星？整天闲着，慌慌的。"

"是呀。'人人尽说江南好，游人只合江南老'。"

"你还不能称老，还可以做很多有意思的事。"

芦管的嘴角忽然露出笑意，说："你知道吗？本地的一座'青少年宇航科普馆'即将建成，有展览、讲座、仿真操作等项目，正招聘义务辅导老师。我报了名，有聋哑学生来参观，我可以用口语兼带手语讲解。你想去吗？"

"想，培养未来的牧星人，好事。"

"我已经替你报名了。"

"真的吗？"

"真的。"

耿星河禁不住仰天大笑，说："我太开心了！多谢夫人给我补充电源，你也是了不起的牧星人啊。"

夜渐深，满天星光灿烂。

明月家国图

今夜，秋风飒飒，月轮很圆，月光好像是被风吹进窗口的，洒下一地凉凉的银白。

满头华发的刘岳江和两鬓微霜的妻子张晓岚，并排坐在床头，痴痴地望着对面墙上挂着的一幅"家国图"。

他们终于可以安安心心地回老家去了。

老家在湘西吉首乡下的天风镇。

他们在这座湘中的工业重镇株洲，一待就是十五年。

老家的房子由一个远房侄儿看管，侄儿经常会去打扫、通风，随时等待主人归来。儿子儿媳为他们置办了崭新的被子、床单、毯子和四季衣物，都已快递到家。随身带的行李也早已料理清楚。到明天上午出发前，再把这幅"家国图"取下来，折叠好，放进行李箱就诸事齐备了。

妻子忍不住说："'家国图'一眨眼挂了十五年。我们来时，孙子正好三岁，要上幼儿园了。"

刘岳江点点头，说："那年，你五十五岁，我六十岁，正好退休。儿媳来电话，说她辞退了保姆，麻烦我们去帮忙一阵，我们就来了。"

"在天风镇的天风中学，你教地理，我教数学，还有点名气，领导想延聘我们再干几年，可带孙子也是大事啊。这'一阵'，就是十五年。"

"我教了一辈子地理，哪个地方的历史沿革、山形水势、物产气候我不烂熟于心？但去过的地方少，大多是从书本和图册中读来的。读万卷书我做到了，行万里路却差之甚远，没时间也没有经济实力。我们一直教的是高三毕业班的课，连寒假、暑假都要为学生补课。"说罢，刘岳江叹了一口气。

张晓岚也跟着叹了一口气，说："儿子出生后，你从古诗'行行复行行'中撷出两个字，叫他刘行行。想不到他倒是出行不止，大学毕业应聘到株洲的光明数控机床厂，搞的是售前调试和售后服务，隔三岔五地出差。我们来了，才体会到年轻人的不容易。"

"儿媳也是，在文化和旅游局下属的国内旅游部门做事，经常要去探访、考察国内的各条旅游线路，留下我们陪伴孙子。孙子上幼儿园时，常常做梦都哭喊着要爸爸妈妈。其实我们也挂念儿子儿媳，古语说：'儿行千里母担忧'。我也是。"

"于是，你买来两米乘两米的高档牛皮纸，用毛笔蘸红颜料画出一幅中国地图的外轮廓，再用浅灰线勾勒出各省的位置。然后，在湖南省的西端用绿色写下'吉首'二字，再用蓝色在湖南省中部写出'株洲'二字。你说我是教数学的，画线画圆都可以不用尺和圆规，先让我画一条从吉首到株洲的紫线条，表示我们从老家来到了新家。"

"乡愁是同等的，你不能缺席。"

"以后呢，待孙子睡了，往往是十点后我们就'上班'了。出差了的儿子或儿媳，有时他们都双双在外，这时候会有电话来，说他们到什么地方了，我们就用红铅笔画线标出儿子从株洲到了某地，然后再去了某地，儿媳则用绿线。"

"如果他们时间充裕，我就在电话里介绍这个地方有什么奇山异水、名胜古迹、经济开发区、新城区，让他们得闲时可以去看一看。"

"你说，这可以让人生发一种实实在在的家国情怀，所以这个地图叫'家国图'，当然，也寄托了我们对后辈的关爱与牵挂，还让我们沉浸在本职工作的氛围里，快活得很哩。"

"对，记得吗？孙子读初中时，有一夜，他从梦中醒来，蹑手蹑脚来到门外，听我和他妈妈讲新疆的葡萄沟、魔鬼城、火焰山、坎儿井。谁知第二天上午的地理考试竟有相关的题目，他全答对了。当时，我们并不知道这回事，是第二天中午吃饭时孙子说的。"

两个人都忍不住笑起来，是拼命压住声音地笑，很开心。

"'家国图'是第几张了，晓岚？"

"对数字我不会记错。基本上是两年一张，以前的七张你都寄回老家了，由侄儿代收再锁进你书房的一个箱子里。这是第八张，今年元旦启用的，儿子的红线，儿媳的绿线，只有寥寥可数的几条。儿子如今是总工程师，主要精力放在厂里抓全面的技术工作，儿媳当上了文化和旅游局的工会主席，也不用经常出差了。图上属于我们的紫线，依旧标着从吉首到株洲，只是又新添了一条从株洲回溯吉首的紫线。孙子考上了北京的清华大学，你让我画了一条由株洲到北京的金线。"

"孙子毕业后，会到哪里去拼，那么这条金线就会牵到哪里。可惜我们年纪大了……但我们可以珍惜有限的时日，'行行复行行'，去好好地看看祖国的锦绣河山，让那条紫线标示在图上。"

"我也是这么想的。知我者，岳江兄也。"

"睡吧，睡吧，早过子夜了。"

"好的，好的……"

老两口回到了湘西吉首天风镇的老家。

走的时候，儿子儿媳恳请他们不要带走墙上的"家国图"。

回到老家的他们，在探亲访友畅叙别情之后，开始了有计划的旅游。

第一次出门远游，去的是云南昆明，登大观楼，访石林，去西山谒拜国歌作曲者聂耳之墓。晚上，在下榻的宾馆，刘岳江打电话向儿子报平安，还说了许多感受。不一会，张晓岚的手机上出现了视频，是儿媳发来的："家国图"上，她画了一条从吉首连向昆明的紫线！

"老头子，他们在牵挂我们哩！"

"他们要留下'家国图'时，我就知道了。紫线他们还会画下去的，我相信。"

于家的拔步床

曲曲巷的老班辈，说起于爷于干丰和他的妻子巴晓月，都说他们几十年来相敬如宾，没红过脸，没吵过架，感情巴酽得像牛皮糖扯都扯不开，是因为他们每夜都睡在一张古旧的拔步床上，连做梦都相同。

这不是说笑话吗？但曲曲巷的男女老少都相信。特别是一些人到中年的堂客，羡慕得直咂巴嘴。

"拔步床真是个好东西，可惜我家没有。怪不得我那当家的，早和我分床了。"

"于爷两口子，无儿无女，庭院里空落落的，不能不抱团取暖。"

"那倒也是。"

于干丰七十岁了，干干瘦瘦，腰有些弯，说话声音低。他退休前是本市华湘家具总公司的细木匠，专做仿古家具，而且雕花刻朵，手上有绝活。巴晓月是这个公司的油漆工，只比丈夫小两岁，身体却健旺得多。他们虽不是一个车间，但上班、下班可同去同回，比翼齐飞；退休了，有了更多的时间长相守，四目含情相对。于干丰有时也要出去一下，老朋友邀他去小酌几杯。

做大工匠、细木匠的，都爱喝酒。于干丰也不例外，只是他量大，喝得猛也喝得多，把肠胃喝出了病，不得不时常去麻烦医生。巴晓月劝过他，劝不住。直到几年前，于干丰才收敛了许多，因为妻子几句掏心掏肺的话，把他震住了："老于呀，你知道我素来胆小，你一旦先走，漫漫长夜，我怎么挨到天亮？但愿这拔步床上睡的总是两个人！"

于干丰一拍拔步床的雕花围板，说："我……们不能辜负了这张床。"

于家世代都是细木匠。床、桌、几、案、柜、椅、凳……上面还施以浮雕、深雕、圆雕、透雕，花鸟、山水、人物，无不栩栩如生。代代有传人，在古城湘潭广为人知。

这张拔步床，是于干丰爷爷的爷爷制作的，时为晚清。采用的是明代中晚期流行的款式，由两部分组成，一是架子床，二是架子床前的围廊，围廊与架子床连成一个整体。床前的廊庑两侧放置桌凳，人跨步进入铺嵌木板的廊，有如进入室内。故拔步床又称踏板床。床顶下周围有挂檐，床下端有矮围，都雕着各种图案："花好月圆""举案齐眉""鹊桥相会""琴瑟和谐"……充满吉祥、欢乐的情调。

这张床一直藏在于家放杂物的阁楼上。1977年丹桂飘香时，26岁的于干丰和24岁的巴晓月要结婚了，父亲把这张床在新房里拼装好，说："这是个吉物，祝你们和和睦睦，生儿育女，白头偕老！"

于干丰夫妇在拔步床上睡了44年。父亲、母亲相继辞世，他们也老了，只有床还是原样！

可惜他们没有一儿半女。于家的细木匠手艺，只能到此戛然而止。

巴晓月说："老于，我对不住于家，没让于家的绝活有个传人！"

于干丰说："这是什么话？我带出了多少徒弟，他们难道不是于门的传人？"

"可惜你和徒弟，没做过拔步床。"

"这玩意，费时费材料，价格贵，没有订货的，公司领导不让做。"

"爹当年搬出拔步床让我们用，是不是还有别的意思？"

于干丰的眼里忽然有了泪水。

记得十多年前，市博物馆有专家来于家观赏拔步床，问于干丰："这是真正的明式好玩意儿，虽制作于清代，做工、雕工都是一流，能否出让？价钱好商量。"

"祖上留下的东西，我不能出让。你们可以到家具公司去定做，我的手艺自信可以达到这个水平。"

"可博物馆不能收藏当代的东西，这是有规定的。"

秋风凉了，重阳节迎着菊花香翩翩而至。

曲曲巷传出了令人惊诧的新闻：于干丰和巴晓月分床了！

是居委会主任带着人去看望离退休老班辈，在于家时，巴晓月忍不住说出来的，还引着人到卧室去巡看，果然言之不虚。

拔步床的旁边，摆了一张于干丰亲手做的简易平头床，没有上漆，杉木的香气很好闻。窗前的长条桌上，放着一个木雕的不倒翁，头型、脸相酷似于干丰。桌边靠着一根木雕拐杖，杖头雕的是钟馗的头像，拐杖与人肩等高，是握杖而行的形制。

主任问："于爷，你们亲亲热热几十年，是这块地方的榜样，怎么忽然分床了？"

于干丰低声说："我身上有不好闻的气味，怕熏了堂客。"

巴晓月说："我不怕熏，我……喜欢。"

"可我自己都受不了，总要下床去室外透口气，不另外睡会吵到你。我知道你胆小，就雕制了这根钟馗头像拐杖，它可以为你驱邪壮胆；还有我雕的不倒翁头像，你瞄一瞄，就知道我在你身边。"

主任微微一笑，说："巴大姐呀，你误解于爷了。你们虽不同床却同屋，于爷想得这么周到，难得。我们就告辞了。"

两个月后，于干丰因肺癌晚期，溘然离开人世。落气时，他挣扎着坐起来，靠着平头床的档板，对巴晓月和几位老邻居说："我早就知道自己身患绝症，活不长了。晓月胆小，我得趁着还在世，赶快和她分床，让她习惯一个人睡拔步床。至于我睡的这张平头床，我走后，丢掉就是……"

巴晓月大声号哭起来。

待于干丰的后事料理好，巴晓月将拔步床捐赠给了市博物馆，只收下一张朴素的"捐赠奖状"。没上漆的白坯平头床，她没有丢掉，夜夜安详地睡在上面，枕头边放着丈夫的不倒翁像。有时出院门上街去买点什么东西，她一定会手握雕着钟馗头像的拐杖。

"巴娭毑，你健旺！"

"谢谢大家关心！"

中秋夜

秋风清润，月光凉白。

粗壮的柚子树上，金黄色的柚子熟了，圆圆滚滚，飘出清雅的香气。

院子正中央，摆着一张八仙桌，桌上的汤盆、菜碟，已经吃得只剩下残羹剩菜；三瓶"酒鬼"酒喝掉了两瓶，另一瓶也打开了盖子。

威锐数控精密刀具厂厂长雷力，在自家宴请几位重要部门的头头，快接近尾声了。雷力设家宴，其实是在饭馆订好了菜品，再由饭馆派人用食盒送来的，不用他动手，也不用妻子动手。妻子黄昏时带着孩子去了娘家，还开玩笑说："你们喝酒太豪迈了，我看了都怕！"

雷力四十岁刚过，大高个，宽脸盘，说话沉宏有力，而且什么事都计算周到，在开拓新产品上总比同行先走一步。从外形到内质，他是个业务上的领军人物。今天请来的人，或管技术，或管营销，或管后勤，或管采购，都可以独当一面，干得风起云涌。他们既是雷力的部下，又是当年工业技术学院的同学，私下里互称"学兄"。十八年前刚毕业，雷力挑头，组建了这家私营的刀具厂，申请贷款，租赁厂房，热热闹闹挂牌开工。冲破了多少难关险壑，经历了多少升沉荣辱，终至佳境，小厂成了大厂，从生产一般的机械加工刀具蝶变为生产精密数控刀具，全厂员工呼啦啦上千了。与雷力共同创业的几个人，都成了各部门的首领。只有吴闻除外，他虽技术过硬，已有高级工程师头衔，却谦让着说："我就不任什么部门领导了，哪个地方忙不赢，我就去顶个缺。何况我兼任厂总部机关党支部书记，这是个要职哩。"

晚上九点钟了。

有些醉意的雷力，指着桌边空着的一个位子，突然想起了吴闻，大声说："吴闻怎么还不来？今夜，不能少了他！"

坐在雷力身边的，是技术开发部主任马跃。他满脸堆起笑，说："雷兄，他不是打电话告诉你了吗？新车间组装流水线加班，因为快结尾了，要领取一些零配件和材料，他得在领料仓库守候一阵，怕出错。"

雷力点点头，叹口气，说："一个月前开始组装流水线，而且是全自动的，为的是让硬质合金数控刀具生产量更大，国外的订单早来了，误不得事啊。我正着急派谁去督阵，吴闻好像知道我的心事，主动请缨。这段日子，他累坏了呀。"

"是啊，是啊。"大家齐声附和。

马跃说："这瓶酒等他来了再喝。一是慰劳他的辛苦，二是庆贺流水线安装顺利，三是祝贺雷兄又谈成了一个项目，到大西北去建一个分厂。"

雷力说："等吴闻来了，我要先敬他三杯！喝了这瓶酒，家里还有……我们要……一醉方休……"

院门忽然被推开了。一个瘦长身影，闪到八仙桌前来，正是吴闻。他拱了拱手，说："雷兄、马兄，各位学兄，我来迟了，海涵！"

马跃问："完工了？你饿着肚子到现在，先吃点菜。"

"完工了！我不饿。"

雷力说："把酒……通通斟满，我们来敬吴闻！"

吴闻目光一扫桌子，说："我知道你们此刻喉干舌苦，再喝酒就更难受，想吃点清凉的东西，是不是？雷兄，我来做个凉拌菜佐酒，怎么样？"

雷力说："正中下怀。可是冰箱里除了几块肉，别的就没有了。"

"有盐、醋、酱油、香油、辣酱吗？"

"有！可没食材呀。"

吴闻指了指墙角的柚子树，说："柚子肉就是食材！"

马跃惊疑地说："柚子肉可以做凉拌菜？闻所未闻。凉拌菜是上大菜前先上，现在也可以上？"

"凉拌菜是桌面上的小角色，可以先出场，为主菜登台做个铺垫；也可以出场在任何需要时，以解燃眉之急。你们少安毋躁，十分钟就上桌。"

吴闻先用竹竿打落几个柚子，再将其剥皮，掰开柚瓣，从柚瓣中掏出柚肉，再分离成丝丝缕缕，放入一个洗净的大瓷盆里，撒上老陈醋、精盐、酱油、香油、辣酱，飞快地搅动、翻拌后，把大瓷盆放到桌子中央。

"各位学兄，拿筷子，请入清凉境一走，提神醒脑利肠胃。"

雷力先夹一筷子凉拌柚肉入口，细嚼后，大喊一声："好吃！你来得正是时候啊，素面朝天，好角色！"

雷力说的"你"，是指凉拌柚肉还是吴闻？不知道。

······

过了半个月，吴闻对雷力说："让我去大西北协助办分厂的事吧。"

"我正愁着派谁去哩，各部门的头，都说抽不开身。大西北那地方，清凉境，很苦，你上有老下有小啊。"

"他们都支持我去。"

"吴兄，辛苦你了。过些日子，我一定去看你。"

"谢谢。"

画　眉

　　年届古稀的梅爷梅晓臣，这两天心情很郁闷。他觉得一向丰盈的院子，忽然变得空落落的，心里也是空落落的。

　　院子里少了什么吗？没有。浮着绿萍的小水池，游着几尾锦鲤；池边的圆石桌边，静立着两只石鼓凳，光可鉴人；墙角一丛芭蕉，舒展着宽长的叶片；芭蕉前是两棵粗壮的杉树，一根搁在两树之间的长竹竿上，挂着四个竹鸟笼。但四只鸟笼是空的，里面的画眉鸟没有了，好听的鸣啭声也没有了！

　　画眉鸟是梅爷自个儿放飞的，心里不情愿，但不得不依势而为。

　　曲曲巷的老爷子们，养鸟的不少，遛鸟、听叫，为的是老有所乐，忽然都开笼放了鸟。梅爷能不照此办理吗？何况他是个有点身份的人，退休前是市报的美术编辑，业余是个工笔人物画家，当然不能让人说三道四。

　　起因是权威部门发布了《国家重点保护野生动物名录》，"鸟纲"中新增百多种鸟类，画眉、红胁绣眼鸟、相思鸟、蒙古百灵、云雀等国内主要民间笼养鸟列入其中。居民委员会又派人到各家做思想工作，说明这些笼养鸟并非来源于人工繁殖，主要是野外非法捕捉再流向市场，当大家不养属于名录中的鸟类，市场无需求，不法之徒也只能偃旗息鼓。

"梅爷，你要解闷子，可以养不在名录中的鸟。"

"除画眉之外，别的鸟我不养。"

"当然，你养的这几笼画眉，可以养到它们老死，但以后再无处可换新的了。你让它们回归自然，去繁衍后代，是大功德。"

"让我想想……"

梅爷养画眉，不是为了解闷子。退休前，上班忙，下班了读书、画画也忙；退休后，读书、画画、讲课、办个展、参加公益活动，还是忙，哪有空闲去伺候鸟！他养鸟，而且只养画眉，是五年前妻子因肺癌晚期辞世才开始的。

梅爷的妻子叫华眉，是花鼓戏剧团唱旦角的名演员，原本是美人坯子，上台的扮相更是光彩照人。因文化副刊版面常要配发美术作品，每有新戏，梅爷便买了第一排的票，一边看戏一边画人物速写。华眉饰女主角的戏多，因此梅爷画她的速写也多，见报的频率很高。

有一天，华眉主动打电话给梅爷："谢谢你捧场！画中的我，眉毛被你画得最好看，我化妆时自己画眉不是这个样子。"

那时的梅爷，又英俊又调皮，马上接话："你若不嫌弃，我到后台来为你画眉？你姓'华'，与'画'同音哩。"

"好……好。你先给我画眉，我上场了，你坐在侧幕边看戏、画画，就不要去买什么票了。"

华眉只要有晚场戏，梅爷必提早去后台的化妆室，为华眉画眉。到底是人物画家，又最擅长画古代仕女，各种眉毛形态都烂熟于心，梅爷可以依照华眉所饰角色的身份、年龄及剧情，画出不同的眉形，让人称绝。

上年纪的女团长，见了这个场景，说："化妆室成你们的闺房了。《汉书·张敞传》称张敞在闺房为妻画眉，连皇帝都知道了，于是'画眉'成了称赞夫妻和睦的一个典故。你们赶快结婚吧！"

梅爷和华眉的脸顿时红了。

不久，他们喜结连理。

他们一直没有孩子。因为华眉说她怕生孩子，想在戏台上多待些岁月。梅爷说他也想为妻子多画几年眉，赏心乐事自家事，值！

华眉在戏台上演到55岁，才心满意足地退场。又过了十年，华眉撒手西去。

梅爷觉得日子太难熬了。

曲曲巷一位同辈人，很懂他的心思，给他送来一个竹鸟笼，里面跳着唱着一只画眉鸟。

"梅爷，给你送来个好伙伴。"

梅爷看也不看，粗声粗气地说："谢谢。我不要。"

"你仔细看看！它叫画眉，与你爱妻华眉同音。你看看它的眉毛，真像是才画上去的。"

梅爷的眼睛睁大了。

鸟笼放在石桌上，送鸟的人悄悄地走了。

这只鸟。形体修长，周身棕黄，背部和前胸有黑色花纹，眼睛上方有一道白毛，好像是用白色油彩在棕黄底色上画的一道细长眉，很俏丽。它的叫声也好听，嘹亮悦耳，像花鼓戏旦角的某个音调。

梅爷轻轻地喊了一声："华眉，我又见到你了！"然后，竟是号啕痛哭。

他寻出关于饲养画眉鸟的有关书籍，一边读，一边做笔记。

他又去花鸟市场买回三笼画眉（一笼一只），加上老邻居送的一笼，正好配成雌雄两对。一雌一雄两只鸟的鸟笼紧挨在一起，另两个鸟笼稍稍隔开，都挂在长竹竿上。只是遗憾，雌雄不能同笼，雄的好斗，会闹得不可开交。

他亲自去买鸟食，豆腐、蛋小米、瘦肉，还有虫贩捕捉的昆虫。

别人养画眉，养雄不养雌。雄的个大，善斗，可以去参加斗鸟；雄的声音高亢，有阳刚之气。梅爷又养雄又养雌，为的是让它们隔笼相望，互诉衷曲。

这一养就是五年。

现在，都放飞了，不知飞到什么地方去了。

这个暮春的早晨，晴光闪烁。

梅爷习惯地备好豆腐、瘦肉、蛋小米，依次打开鸟笼的门，把鸟食放入小巧的瓷碟里。以往是放好鸟食，就要关上笼门，现在不必关笼门了，变成了一个念想的仪式，梅爷不由得长叹一声。然后，静静地坐到石桌边去。微微闭上眼，右手悬空划动，臆想为妻子画眉的情境，脸上浮起笑意。

"哥——来噢，哥——来噢……"

分明是画眉的鸣叫声。

梅爷蓦地睁开双眼，他看见每只笼子里钻进去一只画眉，一边吃食，一边快乐地叫喊。

还认得这个院子，还认得各自的笼子，只可能是他放飞的那四只画眉。

他激动地叫了一声："谢谢你们还记得这个家！"

四只画眉闻声冲出鸟笼，在院子上空飞了几个圈，长鸣几声，一会儿便无影无踪。

出曲曲巷尾，是风光秀丽的雨湖公园。

梅爷想：它们定是把新家安在那里，或春水亭边的小树林里，或湖畔长堤的烟柳中。它们不肯远去，依旧要与他为邻，真是"天上掉下个林妹妹"，幸甚矣哉。

梅爷有几天没出院子了，一直紧闭院门。此刻，他兴冲冲走出来，再把院门锁上，朝巷尾走去。

"梅爷，早！到雨湖去？"

"对，到雨湖去听画眉唱曲，我刚才接到通知了。哈哈，哈哈。"

聂 耽

聂耽的这个名字很特别，繁体的"聶"字是三个"耳"，加上"耽"字的一个"耳"，共有四只耳朵。当年为国歌《义勇军进行曲》作曲的作曲家聂耳，姓名中也是四只耳朵！

其实，聂耽最初叫聂丹，尽管有著名电影演员赵丹，但他终觉这个"丹"字太女性化了，不阳刚。他的耳朵大而长，读小学和初中时，伙伴们给他起了一个绰号：大耳朵。他一点都不恼，"大耳朵"比那个"丹"字气派。

聂耽性格内敛，不喜欢疯跑乱叫，好静，尤好静中读书，读课内书也读课外书。初中毕业，他选择了去读中专技校，是"家有万金，不如薄技在身"的古语对他起了作用。他还作出了一个重大决定，改名。他决定用同音字"耽"，取代那个"丹"。他在读古书《淮南子》时，"夸父耽耳"一语让他眼睛一亮，注解中说："耳大而垂谓之耽。"他的绰号不是"大耳朵"吗？

技校毕业，聂耽被分配到一家国有纺织厂当保全工。保全工就是维修工，哪台纺纱机、织布机出故障了，一个电话打过来，他和他的工友便提起工具包，立赴现场去处理。待机器重新运转，他们便如鸟儿归巢，回到保全班的值班室里。

四十多年过去了。

聂耽退休了。

他的家是一个前庭后屋的格局，嵌在古城湘潭一条长而窄且弯弯曲曲的巷子里，巷子名叫曲曲巷。小庭院是祖产，安静、亲稔、自在，正如鲁迅的诗句所言："躲进小楼成一统，管它冬夏与春秋。"所以他不去住什么社区的高楼大厦，那是一个个关鸟的笼子，憋屈！何况，曲曲巷的位置太好了，出巷口便是商铺林立的平政街，卖什么的都有，热闹、便利；而一出巷尾，则是四时景物宜人的雨湖公园，湖光潋滟，长堤、小桥、亭阁、花树随处可见。

聂耽没退休时，在这条住着二三十户人家的巷子里，是个没人多看一眼的角色，不就是一个做工的嘛！何况，他除碰见人了微笑着打个招呼外，从不去串门，也绝不会邀人来家闲坐、喝茶。别人家有婚、丧、做寿、生孩子之类事，往往是由聂耽的夫人去送礼、赴宴，他很少露面。

但在聂耽临近退休时，突然发生了一件惊天动地的大事，让巷中人不能不对他刮目相看。

全国纺织系统（包括国有、民营企业）的保全工，经过层层选拔，十个优胜者再参加决赛，聂耽居然蟾宫折桂，夺得了冠军！中央电视台进行了现场直播：在一个巨型车间里，几十台纺纱机、织布机一齐开动，机声喧闹；被蒙上眼睛的聂耽，坐在车间的上端，他能在嘈杂的机声中，听出哪台机器有了毛病，毛病出在什么地方，百分之百准确！

现场直播的事，是聂夫人失口说出去的。正好是星期天的上午，全巷的男女老少都在看。很多特写镜头，都停留在聂耽的耳朵上，聂耽的耳朵又大又长不说，而且在聆听时，耳郭会敏感地扇动，忽快忽慢，让人啧啧称奇。

当决赛结束，评委主任宣布聂耽排名第一时，巷子里响起了经久不息的掌声。湘潭曲曲巷出了这样一个全国有名的大人物，太了不起了！

欢呼之余，大家也有了愧意，几十年来对聂耽了解得太少了。这个功夫聂耽是怎么练出来的？他上班到底有什么特殊表现？他喜欢吃什么、穿什么？业余有什么爱好？退休后在家干什么？国人对名人的一切，素来怀有浓厚的兴趣，哪怕每天拉几回尿、打几个喷嚏都津津乐道，所谓"追星族""铁杆粉丝"是也。

各种各样的信息，从不同的渠道汇集到一起：

聂耽吃饭菜和大家基本相同，但尤喜吃素；穿衣服不喜欢什么名牌，合身就好。

他耳朵虽大，却无先天的特异功能，是后天练出来的。练的方法有两种：其一，是上班没活干时，工友们都坐在值班室里等候，聂耽却提一把小凳子坐在车间一角，闭着眼静听喧闹的机声，身子可以一两个小时纹丝不动，扇动的只是他的耳郭；其二，是他家的小院里，花树之间立着几个木架子，木架上挂着长短、大小、厚薄不同的铁片、钢条、铜圈，有的还故意凿出裂纹，一一编上号，聂耽闭着眼坐在台阶上，让家人轻重缓急地敲击它们，他边听声音边叫出编号的位置，或者干脆只听风、雨击打金属的声音，听开花、落叶、虫鸣的声音。

业余爱好，除听声音之外，便是读各种专业技术书籍和文史方面的闲书，闲书中最钟情的是《淮南子》《山海经》《世说新语》《阅微草堂笔记》《幽梦影》之类。

聂耽把获奖的十万元，全捐给了市里的"爱心救助工程"，一个子儿都不留。

……

可获奖后的聂耽，和从前没有丝毫不同的地方，别人当面和背后的议论、赞扬，他似乎都没听见——耳朵支棱着，一动也不动。

不同的是，在休息日，常有本单位和外单位的青年工人，来曲曲巷拜访退休了的聂耽。院门是关紧的，他们在说什么、做什么，没有人知道。有时，聂耽会领着这些年轻人走出巷尾，到雨湖公园去游玩，笑语声一路洒落，滴溜溜转。

与聂耽隔着巷道门对门住的是刘聪。

刘聪四十岁出头，留过日，现在是一家大医院五官科专治耳疾的主治大夫，在治耳鸣、假聋、耳膜破损等方面声名远播。他对聂耽的超常听力很感兴趣，希望从中找出什么奥秘，或许会有助于他对耳疾的治疗。可聂耽不乐于与人打交道，令他束手无策。现在他有法子啦，可以跟在聂耽一群人后面，也看风景，也听他们说话，不会没有收获。

秋日的午后，聂家的门打开了，聂耽领着七八个年轻人，朝巷尾走去。刘聪知道，这群年轻人是上午来的，眼下吃过了午饭，聂耽领着他们去雨湖公园溜达，他便悄悄地跟在后面。

游柳堤，看水中鱼儿游弋。过花坞，嗅清苦的菊香。倚八仙桥的红栏，看天上雁字横斜。然后他们坐进周家山的听风轩，听秋风飒飒。

聂耽的耳郭忽然动了起来，然后用手一指，说："那阶边的一颗小石子，压住了一只蝈蝈的腿，它叫得很痛苦。"

大家感到很惊异。一个小伙子飞快地跑过去，扒开一块小石头，蝈蝈"嗖"地跳起来，很快乐地鸣叫着。

有人问："聂师傅，你是怎么听出来的？"

聂耽说："因为听多了，听熟了。"

坐了一会儿，他们又朝湖心亭走去，有一条宽宽的水上石栈道通向那里。年轻人簇拥着聂耽，又说又笑。还有三三两两的游人跟在后面慢行，老人的拐杖声，女人的高跟鞋声，孩子的喊叫声，此起彼伏。

走在最后的刘聪，忽然从口袋里摸出一个一元钱的硬币，让它垂直落下，硬币掉到石板上，清脆地一响。大家似乎都听见了钱币落地的声音，都停下脚步回过头来，目光搜索着发出声音的方位。

只有聂耽什么也没听见，依旧向前走去。

刘聪抱歉地对大家笑了笑，弯腰拾起硬币，然后转身走了。他知道，聂耽只听得见他想听见的声音，想听见的声音就一定能听见！

暗　记

宽敞的画室里，静悄悄的。

初夏的阳光从窗口射进来，洒满了摆在窗前的一张宽大的画案。画案上，平展着一幅装裱好并上了轴的山水中堂。右上角，写着五个篆字作画题：南岳风雨图。

年届六十的知名画家石丁，手持一柄放大镜，极为细致地检查着画的每个细部。他不能不认真，这幅得意之作是要寄往北京去参展的。何况装裱这幅画的胡笛，是经友人介绍，第一次和他发生业务上的联系。

画是几天前交给胡笛的。

胡笛今年四十岁出头，是美院毕业的，原在一家幻灯厂当美术师，能画能写。后来下海了，在湘潭城开了一爿小小的裱画店，既是老板又是装裱工。同事们都说胡笛的装裱技艺比一些老辈子强，且人品不错，何必舍近求远，送到省城的老店去装裱呢？

画是胡笛刚才亲自送来的，石丁热情地把他让进画室，并沏上了一杯好茶。石丁是素来不让人进画室的，之所以破例，是要当面检查这幅画的装裱质量，如有不妥的地方，他好向胡笛提出来，甚至要求返工重裱。

胡笛安闲地坐在画案一侧，眼睛微闭，也不喝茶，也不说话。

石丁对于衬绫的色调、画心的托裱、木轴的装置，平心而论，极为满意。更重要的是这幅画没被人仿造——有的装裱师可以对原作重新临摹一幅，笔墨技法几可乱真，然后把假的装裱出来，留下真的转手出卖。

石丁的画已卖到每平方尺一万元，眼红的人多着哩。

眼下，画、题款、印章，都真真切切出自他之手，他轻舒了一口气。且慢！因为他是第一次和胡笛打交道，对其人了解甚少，不得不防患于未然，故在交画之前，他特地在右下角一大丛杂树交错的根下做了暗记，用篆体写了"石丁"两个字，极小，不经意是看不出来的。

石丁把放大镜移到了这一块地方，在杂树根部细细寻找，"石丁"两个字不翼而飞。他又来来回回瞄了好几遍，依旧没有！

石丁的脖子上，暴起一根一根的青筋，他万万没有想到这居然不是他的原作，而是胡笛的仿作。这样说来，胡笛的笔墨功夫就太好了！他从十几岁就下气力学石涛，尔后走山访水，参悟出自家的一番面目，自谓入乎石涛又能出乎石涛，却能轻易被人仿造，那么，真该焚笔毁砚、金盆洗手了。

就在这时，胡笛猛地睁开了眼睛，笑着说："石先生，可在寻那暗记？"

石丁的脸忽地红了，然后又渐渐变紫，说："是！这世间小人太多，不能不防！"

胡笛端起茶杯，细细啜了一口茶，平和地说："您设在杂树根部的暗记，实为暗伤，是有意设上去的。北京城高手如林，若有细心人看出，则有污这一幅扛鼎之作。您说呢？"

石丁惊愕地跌坐在椅子上，问："那……那暗记呢？"

胡笛说："在右下部第五重石壁的皴纹里！'石丁'两个字很有骷髅皴的味道，我把它挖补在那里，居然浑然一体。树根部空了一块，我补接了相同的宣纸，再冒昧地涂成几团苔点。宣纸的接缝应无痕迹，补上的几笔也应不会丢先生的脸。"

　　石丁又一次站起来，拿起放大镜认真地审看这两个地方。接缝处平整如原纸，这需要理出边沿上的纤维，彼此交错而"织"，既费时费力，又需要有精深的技艺。而补画的苔点，活活有灵气，更是与他的笔墨如出一辙。他不能不佩服胡笛的好手段！

　　石丁颓然地搁下了放大镜。

　　胡笛站起来，说："石先生，裱画界虽有个别心术不正的人，但毕竟不能以偏概全。暗记者，因对人不信任而设，我着力去之，一是为了不玷污先生的艺术，二是为了我们彼此坦诚相待。谢谢。我走了。"

　　胡笛说完，从容地走出了画室。

　　石丁发了好一阵呆，才记起还没有付装裱费给胡笛。正要追出去，又停住了脚步，家里还有好些画需要装裱，明日一起送到胡笛的店里去吧！

　　他决定不将《南岳风雨图》寄去北京参展，他要把它挂在画室的墙上，永远铭记那个让他羞愧万分的暗记……

天上掉下个美人瓶

初夏。上午十点钟。

天上鬼使神差掉下个美人瓶，砸在二幢楼外玻璃阳光屋的平面屋顶上。先是"咚"的一声巨响，随即传来瓶子破成几片的声音，如鸣钟磬；接着是屋顶玻璃裂开的声音，细细碎碎，清亮而绵长。

这个住宅区名叫"和天下"，错落地立着十幢十八层的住宅楼。每层的每家都有宽敞的阳台，只一楼没有，但统一建起规格相同的玻璃阳光屋，一家一间，十平方米，作休憩用，春可听雨，冬可看雪。费用当然是自掏，每间需两万元，光平面屋顶的几块一厘米厚的玻璃就要四千多元。

这间玻璃阳光屋是刘美娟家的。

初夏的阳光并不耀眼，还带点儿凉意。刘美娟是瓷厂的画工，专给瓷器画画，退休了，成了一个越剧票友，嗓子好，人也长得齐楚，专攻小生。丈夫老马上街买菜去了，她坐在玻璃阳光屋里，一边喝茶一边晒太阳。茶喝淡了，便起身去家里换茶叶，哼着《红楼梦》剧中贾宝玉的一段戏文："天上掉下个林妹妹"。"妹"字正要好好地拖出美音来，身后的屋顶落下东西了，她惊叫了一声，白瓷杯从手上猛地滑落，掉到瓷砖地上，乒乒乓乓碎成了几块。

刘美娟在惊悸之后，马上明白了是怎么回事，立刻转身蹿出来，站在玻璃阳光屋旁边，仰起头看。掉下的是一个尺把高的美人瓶，细颈、削肩、玲珑身，碎成了八九块，屋顶的几块玻璃出现了长长短短的裂缝。这种美人瓶她见过不少也画过不少，美得让她心疼，如今却香消玉殒，可叹！她朝上面大声喊道："谁往下扔东西了？砸坏了屋顶，给我赔！"她喊了几遍，又骂了几遍，没有人作声，所有的阳台都静若无人。

老马挎着菜篮子回来了，对妻子说："叫什么，人家会承认吗？我去物业办公室查看监控。你歇歇，别累了。上面丢什么水果皮、纸屑子，不是一次两次了，非得讨个说法不可！"

老马放下菜篮子，去了物业办公室。

刘美娟莫名其妙地哭了起来。

临近中午，老马才没精打采地回到家中。

"是几楼哪家丢的？"刘美娟问。

"监控摄像头的高度与二楼齐平，只看见一道白光从二楼以上的地方垂直落下来。"

"你不是白走了一趟？"

老马大声说："谁说白走一趟了？这个单元共36户人家，除一楼二楼外，我要把其余32户人家都告上法庭！《侵权责任法》第八十七条规定，从建筑物中抛掷物品或者从建筑物上坠落的物品造成他人损害的，难以确定具体侵权人的，除能够证明自己不是侵权人的外，由可能加害的建筑物使用人给予补偿。"

"好。这对大家也是一种警诫。"

"可物业管理办公室的利善和主任，是个老好人，劝我先别这样，要想办法尽量限缩疑似侵权人的范围，邻里之间最好不要对簿公堂，'和天下'要以和为贵。他说住宅区有个业主微信群，可以开展讨论，迫使真正的侵权人站出来认错和赔偿。下午，他会派人来拍摄现场，然后收集美人瓶的碎片交给我们保管，他们负责在微信群发起讨论和评议。"

刘美娟说："这个利主任，人老却不糊涂，应该有他的妙法。闹得邻里不和，我们也过意不去。"

"和天下"微信群，蓦地热闹起来。

由物业办公室发布了照片和文字：美人瓶垂直落下（说明并非有意抛掷物品），美人瓶砸裂了玻璃屋顶出现的裂缝（说明屋顶损伤情况属实，但还有完好的两块，理赔不过两千元左右）；美人瓶的碎片全部找齐（应该是个老物件）……还有刘美娟回忆当时受惊吓的短文、老马对高空落物的善意批评。在照片和文字之前，由利主任写了"编者按"，劝说侵权人以大局为重，勇敢站出来，让非侵权人不致受到连累。

跟帖的人很踊跃，对高空抛物的不文明现象严加斥责。

一个星期过去了，侵权人仍然隐匿不出。

微信群中，忽然贴出一位微信名"自由落体"的中学物理老师的文章。他说这个美人瓶重量不足 0.25 公斤，根据每秒 9.8 米的加速度计算，如果是从八楼以上的高度垂直落下，必会砸穿玻璃屋顶，导致屋顶崩塌，但现在只是破裂，瓶子只是碎成九片，说明坠物应在四楼至八楼之间。也就是说侵权人应在这十户人家之中！

九楼至十八楼的所有人家松了一口气，他们碰见老马夫妇，

百姓
影像

满面春风地打招呼。

接着，又出现了自称"识物新语"者的文章《我看美人瓶》。说他常年工作于外地博物馆，是退休后来和儿子一家做伴的。他到老马家看了美人瓶的碎片，初步认定这是清末出自醴陵的釉下彩珍品，是真正的文物，如果没打碎，价值在二十万元左右；现在虽然碎成了几片，仍可请博物馆的高级技师用金缮法修复，花钱不多，修复后仍可值二三万元……

刘美娟问老马："真有这么一个行家来了吗？我怎么不知道？"

老马神秘地说："是利主任邀请他来我家的，你到票友会过戏瘾去了，他来时，你不在。"

又过了一个星期。

老马在微信群发了一条消息，说美人瓶碎片被取走了，是这家的小孙子偷偷寻出家中的老物件，在阳台边玩，失手掉下来的。砸裂的玻璃，已由家长按价赔偿，并表示了歉意。

微信中有人问这个人是谁。老马说："哈哈……哈哈，无可奉告。"

炒　饭

　　常欣在中午下班后，对越悦说："今天我们不在单位食堂吃饭，我请你去'美味斋'吃炒饭。"

　　"不想去，去哪里吃都没有味。"

　　"不给姐一个面子？"

　　"好吧，我去就是。"

　　于是，她们走出环保研究院，拐进一条小街，炒饭的香气扑面而来。越悦小巧的鼻翼开始翕动，说："哦，诱人之香。"

　　"馋了吧？"

　　"你怎么知道有这个地方？"

　　"我先生在休息日领我来过。"

　　"我那位除了书，什么也不知道。"

　　"他不知道，你可以知道哇。"

　　刚刚而立之年的越悦，觉得这一段日子特别难熬，心如古井，情若死水，浑身腻腻的。按理说，她该快快活活才是。论颜值，美人一个，走到哪里回头率都很高；论工作，供职于株洲环保研究院，专业拿得起放得下，领导欣赏，同事青睐；论家庭，找的是一个可心的夫君，结婚一年有余，没红过脸、吵过架，相敬如宾。她怎么就快活不起来呢？

　　和越悦同一个实验室的常欣，三十五岁了，孩子已九岁，由爷爷奶奶带着，丈夫是中车集团公司的工程师。常欣倒是常常快乐，整天脸上笑吟吟的。她们是好姐妹，是闺密，上班形影不离，中午吃饭一起进单位的食堂，彼此无话不谈。

有一次，常欣见越悦扒拉几下筷子就不想吃了，便问道："越悦，你有心事？"

"常姐，口里没有味。"

"是心里没有味吧？说说看。"

"唉。上班一门心思干活，啥也不想。下班回到家里，我和他一起做饭，一起打理家务。然后呢，各自在书房看书、查资料。他是搞公路设计的，我是搞环保的，隔行如隔山，谈什么？我没想到结婚后的日子，如同炒现饭，没味还得过下去。"

"炒现饭，也要看怎么个炒法。"

"现饭就是现饭，还怎么炒？"

……

她们走进门面很小、店堂也不大的"美味斋"，原来是专卖炒饭的店子，顾客倒很多。找了张顶里边的小桌子，两人坐下来。服务员是个小姑娘，跑过来很亲切地对常欣说："谢谢常姐常来常开心！领朋友来了，吃什么？"

"这是我的朋友越悦。今天就吃蛋炒饭，来两份！"

"好嘞。蛋炒饭——两份！"

越悦马上明白常欣和其先生是这里的常客，服务员才这样说，可蛋炒饭有什么好吃的？

常欣一瞟越悦的脸色，说："我先生第一次领我来，也是点的蛋炒饭，我当时就笑他小气。你猜他怎么说？"

"怎么说？"

"他说：炒饭，是烹调中最基本的功夫，而蛋炒饭又是功夫中的功夫。"

"诡辩！"

"我也是这样说的。他冷笑着说：我们炒饭，是先把蛋煎熟了再混入饭中的，这就是外行了，两样东西一分开，色、香、味都不合格。蛋炒饭的最高境界，是要炒得蛋能包住饭粒。得先下油，热得冒烟了，倒入隔夜饭，炒得米粒在锅中油光闪亮时，才敲破蛋壳将蛋黄蛋白一块下入，不停地用锅铲翻动，再加盐、酱油、葱丝、蒜丁。"

"为什么是隔夜饭，不是新鲜饭呢？"

常欣嘿嘿笑了，说："刚煮熟的新鲜饭，黏成一团，只有隔夜饭是冷的，饭粒容易分开，蛋才包得住每一颗。"

正说着，蛋炒饭端上来了。越悦不急着动筷子，先细细地看，再深深地嗅，喉咙立刻痒痒的，这才开始细嚼慢咽，果然是美味，一份饭全顺畅地吃下去了。

"怎么样？"

"好！"

"声音这么响，是看京剧喝彩呵，这小女子疯了。"

越悦说："谢谢常姐做东。明天再来吃蛋炒饭，我做东。"

"我要连着做东，让你永远记得我。你初来乍到，还不识路径。明天不吃蛋炒饭，吃腊肠炒饭，后天吃火腿炒饭，再后天吃河虾炒饭……"

"好吧，恭敬不如从命。"

这十天呵，越悦的心情一天比一天好，不仅是因为美味的炒饭，还听常欣讲了许多他们夫妇之间的业余生活：彼此的专业不同，不是障碍，可以讲各自经历的趣事。白天工作，也不必夜夜把工作带回家，陈毅元帅说：我亦异其趣，一闲对百忙。常欣夫妇就喜欢看中央电视台直播的"空中剧院"，看北京、上海、天津的名角名剧，那是一种享受，谭孝曾、谭正岩、孟广禄、赵秀君、张克、安平……看到妙处，喊一声"好"，夫妇相视而笑。双休日、节假日，他们去附近的"农家乐"，看风景、吃生态饭菜，正如古人言"会心处不必在远"……

常欣问越悦："我的小妹妹，吃炒饭可有体会了？"

"有。所有品种的炒饭，主材都是隔夜饭。恋爱后结婚，婚后的生活平淡无奇，也是现饭。关键是现饭怎么炒，怎么添加辅料、佐料，日子就有味了。"

常欣用指头一点越悦的额头，说："有悟性。双休日又来了，打算怎么过？"

"我已经把这书呆子的工作做通了，星期六睡个懒觉后，起床随便弄个早餐填一下肚子，再整顿穿戴，让他陪我来吃蛋炒饭。然后，开车去他曾勘察、设计并已通车的乡村公路兜风、看景致，累了找家乡村饭店晚餐，再在那里住一夜，新环境会有新感受。星期天，去爬凤凰山。"

越悦说完，脸上笑得很灿烂。

常欣点点头，再点点头，仰天大笑，说："我要为你，不，为你们，叫一声'好'！"

治 印

著名的老篆刻家厉刃，一早起来，心情特别好。他先在院子里看了看花架上一盆盆的太阳花，猩红的花骨朵正迎着霞光慢慢地展开，然后踱进他的书房。书房的门楣上挂着一块匾额，是他亲手写和刻的三个篆字："石窝窝"。这个名字似乎有点土，却很有意味，桌子上、博古架上，到处堆着各种各样的印石和关于篆刻的书籍，空气里飘袅着石头的气息。

昨夜，厉刃其实睡得很迟，一口气为本城评选出来的五名优秀的清洁工人，各刻了一方印。是总工会的同志交下的任务，酬金当然是按他的润格，每印四千元。但厉刃说："为他们刻印，我分文不取，而且要刻好。"

这几方印确实刻得既有气势又有韵味，采用的是汉官印的风格，下刀雄浑奇肆，但细部却又婀娜多姿。他觉得这些身处底层的工人，正直朴厚，情感丰富，有一种值得人钦佩的奉献精神。刻完印，已是凌晨三点，他又兴致勃勃地把印文和边款拓到宣纸册页上，将来可以收入他出版的印谱中去。

老伴忽然走进来，说："有个年轻人要见你，他说他是市政府办公室的主任，叫任之。"

厉刃说："我并不认识他，不见，哪有来这么早的？"

老伴说："八点都过了，还早？也许人家有急事呢，我去叫他进来吧。"

厉刃点点头说："也好。"

走进书房里来的任之很年轻也很英俊,上穿银灰色短袖衬衣,系着一根紫红色的领带,下穿一条牛仔长裤,挺时髦的。

"行石老先生,冒昧打扰,请你原谅。"

"行石"是厉刃的字,任之不直呼其名,可见这小伙子是很懂礼貌的。

任之递过一张介绍信,上面写着"兹有任之主任前来拜访,求请为市长华阳刻一名章"。

"行石老先生,不知可否?"

厉刃笑了笑:"我给任何领导刻印,都是要收取润金的。这是我的规矩。"

"能不能破个例?"

"不能!"

任之犹豫了一阵,说:"我知道老先生是每印四千,能不能少一点?"

"分文不少!"

厉刃有些不高兴了。这样的事他见得多了,头头爱风雅,下属要讨上司的欢心,送个字画、印章,却又不想花钱。厉刃从不让人占这样的便宜。

"润金我照付……我想三天后来取。"

"不,一星期后来取,这几天我没时间。"

"好吧,都依老先生。"

任之付了润金,悻悻地走了。

任之走后，厉刃觉得心里憋得难受，便找了块印石，操刀刻"华阳之印"。仍然是汉官印的格局，但笔笔画画端庄质朴，边款为："治印必端方，做人亦如是。华阳先生雅正。厉刃奏刀。"

……

不久，市长华阳亲自主持了一个本地著名文学家、艺术家出席的座谈会，厉刃应邀参加了。在开会之前，华阳特地走到厉刃面前，诚恳地说："厉老，谢谢你赠我的印，刻得真是太好了。"

"华市长，您不必客气，这印您是花了四千元定刻的。"

华阳愣了一下，随即说："当然要谢您，艺术——是无价的。"

这个座谈会开了整整一天，华阳一直微笑着听取大家对文化建设方面的意见，并认真地作了笔记。在中午的宴会上，华阳特意给厉刃敬了酒，祝他在古稀之年再创辉煌。

几天后，厉刃收到了华阳的一封亲笔信。

信是这样写的：

厉老：

夏安！您在座谈会上发表的意见，令我茅塞顿开，获益匪浅，谢谢！

首先要向您道歉，办公室主任任之未经我的应允，擅自上门求印，多有打扰。谢谢您的提醒，我特意去财务室查了账，小任竟然用的是四千元公款付的润金。我除补交这笔款子外，还特意在机关党员大会上作了检讨。任之主任虽然年轻有为，但此种行为却不可姑息，已暂调离办公室，去一个乡镇锻炼，以观后效。

"治印必端方，做人亦如是。"真乃警醒之语，我会牢记在心的！

华阳

厉刃读完这封信，久久说不出话来。

他忽然问老伴："捐献给希望工程的五万元寄了吗？"

"早寄走了。"

"那就好，那就好……"

赠　印

入冬了，第一场大雪也下来了。

厉刃坐在书房"石窝窝"里，面前燃着一盆木炭火。浅浅的中间凹下去的铜炭盆，搁在一个四足、中空的红木矮架上，四周留着宽宽的边框。厉刃把双脚搁在边框上，热气顺着脚脖子呼呼地往上跑。火光映在他的脸上，红红的。

老爷子脾气怪，卧室可以装空调，书房却绝对只能烤木炭火。他说："这木炭火衬着博古架、书案、印石和书籍，才有一种古典美。"

老伴匆匆走进来，说："那个叫任之的小伙子又来了。"

厉刃说："快请！"

为上次用公款刻印送给市长的事，弄得小伙子下到乡镇去锻炼，厉刃心里一直觉得过意不去。

当任之走进书房的时候，厉刃一眼就看出小伙子黑了，也瘦了。任之穿着一件蓝色的羽绒袄，手里提着一网兜大大小小的塑料包。

"行石老先生，我来看您了。"

"小任，快坐下，烤烤火，喝杯热茶。"

任之拍拍肩上的雪花，很小心地坐下来。

厉刃从老伴手里接过一杯龙井茶，再递给任之，亲切地说：

"我的孙子和你差不多大，以后你就叫我厉爷爷吧。可惜，儿子、儿媳和孙子都去了美国。你去乡镇半年了，习惯吗？"

"习惯。我这才知道，下基层长才干哩。我在那里搞起了一个小食品加工厂，把那里的特产笋子、大蒜、小溪涧鱼、红樱桃，经过加工，装袋，销到城市里来，农民增加了不少收入，华市长也很高兴。这不，我送来几包给您尝尝。不过，厉爷爷，我是自个儿掏钱买的，不是公款报销。"

厉刃高兴得连连点头，说："小任，有出息！有出息！还有什么难处吗？尽管告诉我。"

"我正在和一个港商洽谈，组织出口。这个港商倒是个读书人出身，喜欢写毛笔字，可惜他那印章不行。"

厉刃笑了："你让我给他刻个印章，增加他合作的兴趣？"

任之陡地脸变得通红，嗫嚅着说："厉爷爷……我知道这事有多俗，可我也是急得没招了。不过，您放心，润金是我自个儿掏……我决不会花公家一分钱的……"

厉刃忽地站了起来。

任之慌了，说："厉爷爷，我……又冲撞了您，请原谅。"

厉刃哈哈大笑："你误会爷爷了，我再高雅，也不会不关心农民兄弟。我去找两块有狮子头钮的寿山印石，不但为他刻，还要为你刻。谁见过送印的人，自己却没有印？润金，我一分钱不收，怎么样？"

任之连连摇头，说："不行，不行，华市长知道了，会批评我的。"

厉刃很快从博古架上找来了两块寿山印石，黄里透青，油亮油亮的，雕在印端的狮子头，大张着口，口里含着一颗活动的小珠子。

"傻孩子，你爷爷真要俗一回了。我想：明天中午，以你的名义做东，请那个港商，我来买单，你再请华市长作陪。我要在酒席上，当场给你们刻印，放心，用不了十分钟！我们一起使劲，把这个项目搞成，好吗？"

任之的眼睛湿润了。

厉刃对老伴说："留小任在这里吃中饭，你去饭馆点几个菜，过会儿，让他们送到书房里来。还有，你找出那瓶十年陈酿的茅台酒，今儿我要和小任好好喝几杯！"

窗外的大雪下得正紧，木炭火燃得旺旺的，书房里氤氲着一片温暖的红晕。

吉先生

吉先生的名字很怪，姓吉，还名吉，在中文系开一门很冷僻的课，专讲中国方言。这门课居然很受学生欢迎，第一是吉先生的口才好，在语言上有特殊的天赋，他能讲许多种方言，惟妙惟肖，有人说他如果去说相声，定然可以脱颖而出成为一个大腕；第二是吉先生为人很随和，没有架子，永远是笑眯眯的样子，对生活有一种相当达观的理念。

他业余最大的爱好，是逛古玩市场，专找那些小摊子转悠，不时地买回一些小玩意，如印盒、印章、玉环、玉佩之类，用行话说他收藏的是杂项。许多年前，他买了一块田黄印石，很得意，时刻带在身上，逮着谁必拿出来显耀，看过的人都说那是一块黄玉，不是田黄，他哪里肯信，依旧高高兴兴地让人欣赏。

那时，当过他硕士导师的甘辛老先生还在世，说："人说是假，他自认是真，并以此得到愉悦，正如佛理所称'境由心造'，一般人是做不到的。"

甘老先生最不满意吉先生的，是他的"述而不作"，课上得好，讲义也写得精审，而且时有新鲜见解，但很少加以整理，形成论文和论著。吉先生在这一点上相当固执，他说只要学生听课有所收获，这就行了。

吉先生当了好多年的讲师，尔后还是甘辛老先生据理力争，以他在中国方言研究上的权威地位，"内不避亲"，好歹让吉先生升了个副教授。不久，甘辛老先生魂归道山，吉先生在副教授这个职称上就再也没有挪过窝。

吉先生五十有五了。

在导师生前，吉先生每周必有一次上门请教，导师坐着，他坚持毕恭毕敬地站着。导师故去后，他还是每周一次去向师娘请安，不落座，站着问师娘身体如何、生活如何。

师娘说没见过这么道义的孩子。

师娘问："你老师走前最挂念的是你什么时候升上教授。"

吉先生说："做学生的很惭愧，辜负他老人家了。"

"他的学生居然还是个副教授，人家不奇怪吗？"

"是奇怪，也……不奇怪。"

师娘叹了一口气。

有一天，师娘忽然从柜子里拿出一大沓讲义稿，里面还夹着一个大信封，上写：给吉吉小友。

"是你老师留给你的，他让我过几年再交给你，你仔细读读那封信。"

导师在信中说，这是《中国方言渊源丛考》一书的书稿，其中有许多见解取自吉吉平日的言谈，有许多资料是吉吉帮助收集的，希望吉吉整理此书交出版社，可署两个人的名字，以便将来评职称。

师娘说："你就听一回你先生的话。"

吉先生点了点头。

为整理这部书稿，吉先生花了三年的课余时间。

他把那块自认为是田黄的印石，收进一个木匣子里，再也不让人鉴赏。他也没有兴趣去逛古玩市场了，一心一意地整理书稿，补充资料，认认真真地考订，一字一句地推敲。

　　然后，他把重新抄写的书稿，交给了江南大学的出版社，只署了导师甘辛一个人的名字。但他写了一个情文并茂的"代后记"，准确地评判了导师一生的学术成就，深情地回忆了导师的音容笑貌以及对自己的教诲和提携。

　　书出来后，他恭敬地把样书和稿费交给了师娘，说："请您原谅，我没有署上自己的名字。其实这本书，老师生前完全可以整理出版的。他为了鞭策我，故意把这工作留给我来做，以便让我毫无愧疚地署上自己的名字。我感谢他，但我决不能这样做。"

　　师娘说："你呀，你呀。"

　　六十岁的时候，吉吉退了休。如果他是教授，可以干到六十五岁。

　　退休了的吉先生，没有任何怅憾之色，依旧是笑眯眯的样子，他觉得他这一生很值。

　　他现在有足够的时间去逛古玩市场了，而且是和退休了的老伴一起去。

　　儿子去了美国留学，学的是生物工程的热门学科。

　　日子真正地轻松下来。

　　有一次，吉先生和老伴在一个小摊子上，买到了一方端砚，上面有铭文，是明代一个稍有名气的画家用过的，开价一千元。吉先生狠了狠心，砍价到八百元。小贩说："就冲您这个眼力，我服！成交吧。"

吉先生的老伴问："是真的吗？"

"那还有假。我就认定他是真的了，谁说也不算。"

戒　酒

　　"四季香"花木公司总经理金企，走进《湘楚文学》编辑部小说室的时候，是一个秋天的下午，五点来钟的样子。

　　小说室里静寂无声，只有头发早白了的老编辑、小说室主任董重，还在认真看稿。他一手端着一只小茶杯，但茶杯里沏的不是茶，而是倒的白酒，酒香飘满了一屋子。他一边看稿，一边不时地呷一口酒，瘦瘦的脸上浮着暗色的红晕。

　　金企走上前，恭恭敬敬地喊了一声："董老师！"

　　董重抬起头来，打量着站在面前的这个中年人，想不起到底是谁。

　　"你是——"

　　"我是金企呀，十年前，我到这里来送过稿子。后来，我下海了，但一直没忘记你，也没忘记文学。"

　　"哦。"董重终于想起来了，说，"对，对，你就是金企。听人说你现在是大企业家了，把成批的花木组织出口。快坐，快坐。你有什么事吗？"

　　"也没什么事，主要是来看看老师。"金企看了看董重手中飘着酒香的茶杯，悄悄地笑了一下。

　　金企与董重自然没有多少接触，但董重的许多趣事他却耳熟能详。第一，董重是个资深的编辑，是编辑部唯一的一个正编审，几十年来培养过不少好作家，亲手签发过不少有影响的佳作，眼力是一流的。凡董重签字可发的作品，总编辑决不会打下来！第二呢，董重是个爱酒如命的酒仙，他平日解渴是不用茶水的，而是酒水。董重认为喝酒的最高境界有三个标准：不论酒的优劣，皆喝得津津有味；不论什么场合，哪怕是站在小店柜台边，也能喝个尽兴；有没有下酒菜无所谓。这些董重都能做到，所以他是个真正爱酒也懂酒的人。

金企忽然从手提包里拿出一瓶"酒鬼"酒和两只小酒杯，摆在桌子上，说："董老师，十年前，我来送稿子，你看后还提了意见，虽然没发，但我心存感激。我心里一直有个愿望，想和老师喝一次酒，听老师谈一谈文学。我不敢请你到饭店去，怕你不赏脸。"

随即，金企打开酒瓶盖，浓烈的香气喷涌而出。

董重的鼻翼翕动了几下，说："正上班哩。"

金企指了指墙上的挂钟，快五点半了，该下班了。

他们开始兴致勃勃地喝酒，没有下酒菜，也没有服务员的干扰，董重心里说：这金企不俗！

一瓶酒很快就喝得所剩无几。

董重说："你还在写吗？"

"我一有时间就看就写。如今做生意，讲究个文化品位。特别是外商，喜欢和有素养的人打交道，我当然很希望自己的作品能发表在刊物上。"

"你给我看看。"

"别急，董老师，喝完这杯，干！"

董重只觉得全身发热，头上冒汗，舒服得想立马倒下就睡。

金企递给董重一沓打印好了的稿子，是一篇小说，题名《花木情》。

董重扯亮了电灯，有一行没一行地看起来，看完了，感觉似乎不错，说："我看是可以用的，干脆给挂上发稿签吧。"他顺手取来发稿签，缀在稿子前面，在"二审"那一栏中写上："这篇小说有新意，建议发下一期。"

金企站起来，说："董老师，我送你回家去吧，我的车停在下面。"

董重说："你先走。我得把该发的稿子理一理，明天好交总编终审。"

金企彬彬有礼地走了。

第二天上班后，董重想起昨天看过的金企的稿子，又重新看了一遍，越看越心虚，背脊上竟沁出了一层冷汗。这样的稿子怎么能发呢？他怎么会写下这样荒唐的审稿意见呢？全是酒在作怪！

这个上午，他气得没有喝一口酒。

过了两天，他打了个电话给金企，说是要请他在一家饭店吃饭喝酒。他带了一瓶"酒鬼"酒去，预先点好了菜，并付了款。

金企兴冲冲地来了，说："绝对不能让你董老师买单。"

董重说："钱我早付了。来，喝酒。喝完酒，我有话跟你说。"

酒喝完了，董重没有丝毫的醉意。他从口袋里掏出稿子，交给金企，说："对不起，这个稿子我重新写了意见，离发表还是有一些距离的。那天，我是喝醉了，酒醉误事，请你多多原谅。今天我请你喝酒，算是还你的情。当了几十年的编辑，我不能晚节不保，喝完这顿酒，我就戒酒了。希望你好好地写，写好了，我仍然会认真地看，文学创作这玩意，是要下苦功夫的。"

董重说完，从容地站起来，缓缓地走了。

董重真的戒酒了，编辑部再也闻不到酒香了，他看过的稿子上再也没有酒的气味了。但年轻的编辑发现，董重那个茶杯里虽然沏的是很浓的茶，但董重端杯的姿势，小口小口啜茶的神态，让人感到他仍然是在喝"酒"……

百姓
影像

永远的鹤

太阳渐渐地西斜了，红红的夕光洒遍了偌大的一片湿地保护区。水如胭脂，而露在水面一小块一小块并不相连的洲土上，萋萋芳草也变得绿里渗红。

那些丹顶鹤，或在水边觅食，或在洲土上尽兴地起舞，或振翅高飞，发出一串串清脆的长唳。

年轻的谭立，一个人在瞭望竹楼上，整整守了一天。师傅杜三早饭后，驾着船领给养去了，他要把船划出湿地，三十里水路啊，再泊船上岸，用一担箩筐去镇里的林管所把肉食、蔬菜、烧柴连同一个星期的报纸挑回船上，然后又划回到这里。回来的时候，天就落黑了。

临走的时候，杜三对谭立说："你给我睁大眼睛，好好地看住这些鹤，它们正在发情，得防着那些盗鹤的贼人。"

谭立说："师傅，我都做了三年护鹤工了，你放心吧，保管一根鹤毛也掉不了。"

谭立就这样守了一天，拿着望远镜看了一天，盗鹤贼连个影子也没有，却让他越看越感到寂寞。

公鹤、母鹤成双成对，互相嬉戏，互相唱和，情意绵绵。而他呢，至今还没有女朋友，整个湿地保护区，除了师傅杜三和他，连女鬼都没有一个，更别说女人了。师傅比他大五岁，也是单身，在这里一干就是十年。他不想做中饭，就用开水泡了包方便面吃下去，到现在肚子还"咕咕咕"地响着，那是一种饥饿的声音。

忽然，谭立听见有凄厉的鹤唳声传来，拖得很长，带着颤音。谭立大吃一惊，收拢思绪，拿起望远镜仔细地搜索起来。他看到在三百米开外的一片浅浅的水面上，一只母鹤的细腿似乎被什么咬住了，正在拼命地抖翅挣扎；旁边的一只公鹤，焦急地胡乱扑打翅膀。是什么咬住了母鹤的细腿呢？这地方当然没有鳄鱼，那是什么？

谭立操起一把木桨，顺着竹楼的梯子飞快地下到地面，再蹿到水边，解开船缆，"咚"地跳上船，然后着力地划起桨来。小船绕过一块一块的洲土，迂回着朝母鹤那个地方划去。虽是暮春时分，风却凉飕飕的，不一会儿，谭立的背后就渗出了一层热汗。

小船划到离那母鹤还有十米远的地方，水浅得载不动船了。水很清澄，看得见水底密密匝匝纠结在一起的绒绳般的丝草，像柔软的绿绒毡毯，很小很小的鱼儿成群结队地游在上面。他突然明白了，肯定是丝草缠住了母鹤的细腿，母鹤越挣扎缠得越紧。他突然骂了一声："只晓得快活的东西，你往那丝草里去做什么，活该！"

谭立停下船，把鞋、袜、外长裤脱下来，下面只剩下一条很旧的短裤。他下意识地用手按住了短裤，仿佛怕被人看见，但马上又笑了：谁看呢？想给人看都没人看呀！他跳到水里去，水不深，刚到小腿那地方。他一步一步朝母鹤逼近。公鹤见有人来，"呼"地飞了起来，母鹤吓得更加惊惶地鸣叫。

"你们怕什么，真的不懂事，我是来救你们的！"

水渐渐地深了，底下软软的，踩在厚厚的丝草上，脚板心痒痒的，好像被柔软的手指搔着，搔得他一身发软发酥。

终于走到了母鹤的身边，就在这一刻，他感到身子猛地往下沉去。水先是到了膝关节，再往上漫，漫到了大腿根，再漫到了腰部。这一切来得太突然，让他猝不及防。他慌了，分明遇着沼泽地了！他想挣扎着把身子往上抬，身子却沉重如铁，依旧往下沉去。

他冷静下来，伸出手去抚着母鹤的细腿，从上向下伸向鹤的趾爪，果然是被丝草缠了一道又一道。他用双手迅速地去扯断那些丝草。母鹤也似乎明白了这个人是来解救它的，变得很温驯，眨巴着眼睛感激地望着他。丝草都扯断了，谭立双手托起母鹤的身子，往上使劲一送，母鹤就着力张开翅膀腾空而起。

水已经淹到谭立的脖子了。

他仰起头，看见公鹤和母鹤联翩而飞，围绕着他飞了一圈又一圈。

他心里突然有了某种冲动，想和鹤说点什么。说点什么呢？鹤又听不懂他的话！他想他可以做一个手势，让鹤知道是什么意思。于是，他高高地举起右手，把五个指头并拢，再把并拢的手指弯成一个直角，就像鹤的长喙。"你们懂了吧，我也是一只鹤！"

谭立的身子继续往下沉，水淹过了他的头顶，一直淹到他右手的肘关节，才似乎落到了实处。水面上留着一截"鹤"的脖子和"鹤"的喙，凝然不动如一座雕塑。

杜三是天快黑的时候回来的，上到竹楼上，不见了徒弟谭立，慌忙拿起望远镜朝四面扫视。他发现了那只小船，发现了那只伸出水面的手臂，立刻明白了是怎么一回事。杜三哭喊着"谭立——谭立——"，狂奔下楼，重新操桨划船，朝那地方飞快地划去……

不久，在湿地保护区的门口，出现了一座用不锈钢铸造的雕塑：一只向上高举的手臂，五指并拢并弯成鹤喙的形状……

玩　家

古城湘潭有许多玩家。玩字画的，玩京剧湘剧的，玩蟋蟀的，玩风筝的，玩乐器的……往往一提起他们的大名，便交口称赞。这些玩家，一般都在职业之余，玩自己所好，并有一些绝活，这才是玩家的重要标志。

谭国栋是个玩家。他已过花甲之年，早退休了，可他还是那么爱玩。他会玩钢叉、火流星、地雷公，另有一门喜欢玩却没什么造诣的玩意儿，那就是京剧。

他的家在湘江边的河街上，属十一总。我们家也属十一总，不过住在正街上的一条古巷里。小时候，我对谭国栋最为佩服。

谭国栋长得十分高大，且结实，像一位摔跤运动员。大脸盘，浓眉亮眼，嗓子出奇地亮堂，性格豪爽得很。从年轻到退休，一直在运输公司开大货车。他的驾车技术在古城有口皆碑，车跑得快，喇叭摁得山响，但从没出过事故。到退休时，他说：我的车轮子下面没有冤魂。

在二十世纪五十年代末六十年代初期，古城和全国各地一样，有许多的节日要庆祝要欢呼，打腰鼓，扭秧歌，划彩船，踩高跷。谭国栋往往被请去做开路先锋。白天，玩叉；夜晚，玩火流星。走在队伍的最前面，一路玩将过去，在人海中打开一条通道，赢得周围一片喝彩声。

他的那把钢叉，枣木柄，红如玛瑙，叉是三尖，精钢打造而成，寒光凛凛，叉尾安着几个铜环，玩起来叮叮当当直响。玩叉之前，他往往要大喝一声：叉来了！话音刚落，钢叉便在他的左右手臂上疾速滚动起来，像一个车轮一样，只见白光闪闪。突然，他把头一低，钢叉跳起来，从他的背上滚将过去，再回到手臂上。人若往前拥，他就一声"啊嗬"，将钢叉猛地抛向空中，惊得人墙往两边倒去，钢叉却又稳稳地落到他的臂间铿铿锵锵地旋转。他还有个绝活，叫双臂抱月。叉尖朝地柄朝天，双臂围成圆猛烈地抖动，钢叉便沿着手臂做圆周运动，决不会掉下去。四周爆发出一片叫好声，谭国栋则面带矜色。

火流星自然是晚上玩，一根长绳系着两只海碗大的铁丝笼，里面装着烧红的木炭。远远望见两颗流星飞闪，人们便说：谭国栋来了！庆祝队伍来了！他玩火流星，既快又猛，像一个巨大的火轮飞滚而来，势不可挡。他时而身子一跃，将火流星抛向空中；时而就地一卧，火流星化作一个平面的火圈，在他的胸脯上面呼呼转动。他玩火流星自始至终不肯歇息，因此木炭燃得很快，便有专人为他烧好备用的火流星。每次玩完回家，一身一脸的油汗，衣服上也污斑重叠，老婆自然要数落一番，他只是哈哈大笑。

地雷公是什么？北京人称空竹，天津人名风葫芦，东北人叫抖嗡嗡。地雷公是湘潭人的叫法。这是一种很古老的玩具。用竹子和木头制成，分双圆盘和单圆盘两种，用圆柱相连。圆盘是木制，两层中空，边镶竹条，竹条有四个小孔。用两根短竹竿系上线绳，线绳在圆柱中间的凹处绕一圈，然后双手持竿抖动，地雷公便愈旋愈快，风灌进小孔，发出嗡嗡的声音。谭国栋只玩单圆盘的那种，单圆盘玩起来难度大。他的地雷公又大又重，抖起来要力气，但响起来犹如一架轰炸机。他可以玩许多名堂，比如"大闹天空"，地雷公抛到空中，再落到线绳上，往返重复，绝无失误；如"猴爬竿"，让地雷公从线绳上旋转到竹竿上，再抛向另一根竹竿；比如"鲤鱼跳龙门"，两根竹竿平行直立，把线绳挽成"门"状，地雷公在"门"下"门"上跳动；还有"滚地惊雷""张飞骗马"等等。玩地雷公，当然不能作开路用，他常在街头巷尾、公园做义务表演，钱是不收的，只为得几声喝彩。

谭国栋嗓子好，中气足，应该是块玩京剧的料子。可惜他的湘潭口音太顽固，分不清"尖团"音，平常吼几嗓子过过瘾还可以，真要上台则不行。但他有自知之明，票友剧团正式登台，他就跑龙套，当旗牌、中军，或不须开口，或只有几个字的道白。他已经很满足了。一下台，为角儿递茶、扛道具、理戏装，乐得颠颠的。

谭国栋上班开车，下班玩这几样东西，名气几乎把古城撑满，人们称他谭玩家。玩家这称号，得之非易。

"文化大革命"一开始，世界都沸腾起来，群众性的游行集会此起彼伏，但没有人请他去玩钢叉、火流星开路，那玩意被称为"四旧"，这使他遗憾而且愤懑。熟人碰到他，说："没有你的钢叉、火流星开路，这游行有个什么看场？"谭国栋忙说："莫乱讲，造反派听见了不得了。"

钢叉不玩了，火流星不玩了，他专玩地雷公。早晨到湘江边去玩，练手、眼、身、步，琢磨出不少新招数。

"文化大革命"终于结束了。

孩子大了。

谭国栋因单位不甚景气，五十几岁就退了休，领一份很少的工资。他快活了一辈子，到老却有了忧愁。

我家住在南湖公园边，每次回湘潭看望老母，早晨是必去公园里走走的。我在周家山那块草坪上，经常碰到谭国栋。六十几岁的人了，身体依旧很健壮，一边大声道着京白，一边玩地雷公。他总是对我点点头之后，便忙于他的表演。人们往往要他玩点绝活，他便说："可以。你们谁要买地雷公啊，买了我就来教。"他从挂在自行车上的大包里拿出几个地雷公来。他怎么卖这个玩意呢？于是有人掏钱。清点已毕，谭国栋便表演几个绝招，再教买的人如何入门，得一头汗水。太阳渐渐升高了，该上班了。待所有的人散去，谭国栋走过来，说："赚几个钱，补贴我们那个京剧票房，租场地要钱，化妆品要钱，茶水要钱，京剧是个好东西，得靠人养着。我这地雷公是从长沙贩来的，每个也就赚十来元。"

谭国栋还告诉我一件趣事。

他偶尔读书，有一条消息说北京的一个公园里有一个玩地雷公的高手义务表演，赢得观众如堵，他便想去会会这个人，切磋切磋。向老伴要路费，老伴说："哪有这闲钱？"他一想：也是。但还是磨着要了 100 元。他先到长沙，向做地雷公的老板（已经很熟识了）预支了几十个地雷公，说是要北上宣传他的产品，完了再结账。他先在长沙岳麓山以表演促卖，得了一些钱。再去武汉，在黄鹤楼那地方摆场子。然后去了郑州。最后一站才到北京，吃最简单的伙食，住最便宜的旅馆，像个江湖艺人一般。在北京他会见了那位高手，当着许多人使出浑身解数，将人家比了下去。不想人家虚怀若谷，不但为他叫好，还把他所带的地雷公一买而空。价格自然比较高。末了儿还盛情款待他，给他买好回程硬座票。回到湘潭，他还了老婆100元钱，其他的便花到京剧票房上了。

这一次碰到他，他很神秘地告诉我："听说兰州有玩地雷公的高手，我要去会会他。我先筹点起码的费用，然后动身。"

我问："最近票房有活动吗？"

他笑得很满足："准备排一出大戏，我在里面挑一角，是中军，有好几句道白呢。你一定要来听听。"

我说："我会来的，你放心。"

他果然放心了，骑上单车，沿着绿杨大堤渐行渐远。

谭国栋，你是真正的玩家！

怀念一种声音

有一种声音，让中年画家弘一泓越来越怀念了。这种声音非常奇妙，有颜色，有形状，有温度，还有杂含其中的情感故事。但是现在再也听不到了，准确地说是感觉不到了。

自从他搬进这个高档住宅区——世纪花园，住进其中一栋六层大厦的顶层，两百平方米的建筑面积外加一个赠送的露台，但他突然发现他和家人的生活都悬浮在远离地面的空中了。邻居彼此不打交道，朋友们因出入制度的严格而代之以电话寒暄。作为一个专业画家，他无须出门去上班，于是画室几成囚室。他常常站在窗前，朝远天眺望，这时候记忆中的一种声音，便摇曳而来，让他心旌摇曳，热泪盈眶。

他知道这种声音只存在于古城的一条小巷，只存在于他家几代居住的那个小院子、那座老屋。院子里有一棵梅子树，有两棵梧桐树，有一缸荷花，还有几畦作观赏用的韭菜。老屋为两层，砖木结构，上下呈现出一种古铜的色调，有前厅堂、后厅堂、卧室、厢房、杂屋、厨房；楼上有书房、晒楼、阁楼。他的曾祖父是一位名中医，手中积蓄了足够的钱后，便置办了这处产业。以后，祖父、父亲都继承其衣钵，守在这里。他当然也是在这里出生的，但不再悬壶济世，而是去圆了一个画家的梦。

画家的梦似乎与一种声音有关。这种声音叫作雨声。雨声从他出生和成长的方向，不断地传来，粗粗细细，高高低低，疏疏密密。在他的记忆里，总是弥漫着一片雨气和雨声，太阳总是见不到的。

春雨，夏雨，秋雨，冬雨。

一下雨，他爹总会站在老屋的台阶上，听着一院子的雨声，如醉如痴。然后把少不谙事的他叫到身边，告诉他许多古人关于雨的诗句："夜雨剪春韭""梅子黄时雨""梧桐叶上三更雨""留得残荷听雨声"……他听不懂，但他看懂了雨声被花叶染就的绚丽颜色。

然后，他们回到厅堂里坐下来，爹说："你听——"这两个字在无数次的重复后，他的耳朵变得灵敏了：雨点先是小而密，落在薄薄的小青瓦上，叮叮咚咚，如珠玑在玉盘里乱跳；击在为采光而设的玻璃镜瓦上，声音尖脆，有如琴声中的高音阶；射到木晒楼上的雨点，因晾晒衣服，脚步磨亮了楼面，声音细腻而光洁；但前厅堂雕花檐板上的雨声，恰恰相反，浑重而古朴；响在麻石台阶上的雨声，沉着而充满一种力度。雨点越下越大，越下越密。他听见潺潺湲湲的流水声了，那声音来自高高低低的屋檐边的木笕，木笕节节相连，一直把水导到天井边；溜筒（打通的大楠竹）竖着与木笕相接，水便畅快地流入地下的阴沟。老屋的地下水道纵横交错，水声急促有如金鼓轰鸣。

古城有句俗语："落雨天，留客天。"他记得一下雨，家里就会有客人不期而至，都是他爹的挚友。雨是请柬吗？雨声中，他们谈天道、人道、医道、艺道；或者下围棋，落子声与雨声交错而响；或者，拉起京胡，唱他们熟悉的京戏名段，音符从雨的缝隙里穿过去，居然没有濡湿……他坐在一边，看着，听着，如梦如幻。

雨声中，他长大了，考上美术学院了，雨声中，他成家了，做父亲了……小巷、老屋和雨，成了他生命最奇诡的底色。

父母亲相继离开了人世。

下雨的日子，他也向儿子讲那些古人关于雨的诗句。

下雨的日子，他的画室总会有好友联翩而至。

春雨，夏雨，秋雨，冬雨。

突然有一天，这一大片地皮划拨给了房地产商，旧城改造成了最时尚的口号。

他怅然携家搬进了世纪花园。

小巷没有了，老屋没有了。那个地方建起了一条商业街，广告牌和霓虹灯，点缀着白天和夜晚。

只有季节不会变，下雨的日子依旧存在。但他记忆中那种雨的声音，没有了！

巨大的规整的水泥匣子，嵌着一个个用混凝土、玻璃和钢铁构筑的巢。雨声呈现出一种呆板的灰色，节奏沉闷而压抑。这不是他感觉过的那种雨声！

每逢下雨的日子，他会觉得格外地无聊。

妻子上班去了，儿子念书去了，留下他孤零零一个人。

从画室走到露台的檐下；从露台的檐下走到画室，如一匹落入陷阱的豹子，孤立无助。

给朋友打个电话吧，该说些什么？什么也不想说。

他决定，请些工匠，在露台上做一个屋顶，木屋架，盖上小青瓦，嵌上玻璃镜瓦。他希望找回那一种声音。

露台的屋顶很快就做好了。

他还置办了一个瓷圆桌、四个鼓形瓷凳；一个烧木炭的红泥火炉，一把烧水的青陶提梁壶。

下雨的时候，他坐在这里烹茶、沏茶，静静地坐下来听雨。露台的前方是敞开的，他一抬头便看见一栋栋的高楼，整齐地排列着；所有的窗口都装着锃亮的防盗窗，窗口的后面都垂下厚帘，害怕有人窥探自家的隐私；外墙挂满了空调的外机，像一个个难看的肿瘤……这样的背景，绝对不会生发一种古典的雨声！

他明白了，在未来的日子里，他只能永恒地怀念一种雨的声音了。

又是一个下雨的日子。

他蓦地离开露台，急急走进这间静寂的画室。宽长的画案上：砚池里墨汁盈盈；调好色的瓷碟一字排开；宣纸早铺好了，四角用瓷镇纸压着。他拎起一支大斗笔，唰唰地画起来。

他希望在宣纸上画出那一片久远的雨声……

刻碑名手

范玉成是古城的刻碑名手，已是古稀之年了。

他长得高大魁梧，粗眉大眼，但面白无须。两只手掌伸开来，小蒲扇一样；指骨节很突出，只要轻轻一握，便咔吧吧一阵脆响，让人觉得那手是非常有力气的。

刻碑是个古老的行当，泰山刻石、琅琊台刻石、秦篆诏书，能够流传下来，都是刻碑名手的功劳。名胜古迹，名人墓表，倘若没有碑刻以志，那就不知要逊色多少了。

凡干这行的，一是文化底子要好，能识文断字，能体会文本的妙处；二是书法根基要扎实，书家所写的墨本，篆、隶、楷、行、草，你得深谙其风格、韵味；三是刻艺要精，不管是阳刻、阴刻，要能视石如纸，捉刀如笔，取意行神，不滞不囿。

范玉成从十四岁起拜师学艺，五十多个年头一眨眼就过去了，一生中刻过多少碑？连他自己都记不清了。十多年前他从刻石社退了休，可一直没闲着。儿子还在刻石社哩，一接下什么重要工程，总得请老爷子把把关。他也乐意，范家手艺一代代传承，绝不能让世人说闲话，否则就愧对列祖列宗了。

儿子范致远也快到知天命之年了。

他对父亲说："邻市的望江楼重修一新，有块《重修望江楼记》碑要刻哩。"

范玉成显得特别高兴。他记得四十年前，也就是1966年春节过后，那时他才三十来岁，与一些同行应邀到望江楼公园刻一条诗碑长廊。一直刻到冬天，眼看就要完工了。有一天傍晚，突然来了很多戴红袖章的学生和工人，把望江楼的台阶撬开了，把门窗卸了，把楼梯拆了，把里面的字画、文物烧了，一座清乾隆时的三层楼阁刹那间被当作"四旧"毁掉了。他只能远远地看着，泪水纵横。到了第二天，那些刻好的诗碑，也被一一砸碎，他们也被驱赶回了老家。他后来听说，在望江楼原址，竖起一个巨大的工农兵"造反有理"群雕像；又过了些年，雕塑拆了，改建成了一个大花坛。现在恐怕是拆了花坛，再在原地重建了望江楼。范玉成渴望旧地重游，那楼可还是往日模样？

儿子说："现在正是炎夏，太热，您暂时别去。等我在那里阅好了稿，选好了石，'上墨''过朱''打样'后，准备刻碑了，您再来，一边指点我，一边看看风景，好吗？"

范玉成答应了。

日子一天天过去。范玉成在心里计算着：儿子该阅稿了，那文章是谁撰写的呢？又是哪个书法家书写的墨本呢？字的大小、行距、结构、排列，儿子是否都了然于心了？选的是什么石头，汉白玉石还是大理石？选好了石，先要用砂石粗磨平整，再用细刀砖磨光，直至腻滑方可。接下来，儿子该"上墨"了，用磨浓研匀的上等墨汁刷在石上；墨汁干后，再用烙铁烫上白蜡，薄薄地在墨上覆盖一层。下一道工序应是"过朱"，把透明拷版纸覆在墨本上，双钩临描，然后再用银朱做红线双钩。待做完这些，就该"打样"了，把"过朱"的双钩拷版纸，平铺在上过蜡的碑石上，用木榔头垫着羊毛毡，敲击钩本字样，让双钩红线清晰地印下去。

范玉成乘车赶到邻市的望江楼公园，在一间工作室里，找到儿子时，儿子正好完成了"打样"。

"爹，我正准备打电话哩。"

"爹知道你的功夫，该用多少时间，我心里有数。"

儿子笑了："知子莫若父哩。"

范玉成开始阅稿，文章是本市市长华声撰写的，还不错，情文并茂；墨本是请北京一个老书法家几个月前书写的，写好寄来后老书法家因心肌梗死竟鹤归道山了，字真好，行书，有《兰亭序》帖的味道，可惜天不悯才啊。

再看一遍文章，范玉成头上冒出了一层热汗，文中说望江楼毁于1967年春，这就失实了，分明是1966年冬！听说市长还年轻，不到五十岁，又不是本地人，恐怕没有细细考察，就轻率地作了结论。

范玉成说："这碑暂不能下刀，一定要改过来。"

儿子急了："爹，我们只管刻就是了，这不是我们的错。再说，人家市长会改吗？再说书写的人都死了，谁能把墨稿改正过来，而且风格丝毫不差呢？"

"若市长不肯改，这个活我们退了！碑者，史也，是留给后人看的，不能以讹传讹。"

儿子不作声了。

顿了一阵，儿子说："爹，您还没去望江楼吧，我陪您去。"

范玉成一甩手，说："不去！"

第二天一早，范玉成让儿子把公园的负责人找了来，当面说明了情况。

主任姓陈，很年轻，不到四十岁，曾是中文系的本科生。听完范玉成的话，说："我就去找市长，谢谢范老的提醒。"

中午快吃饭时，陈主任兴冲冲地回来了，说："华市长让我转达对您的敬意，而且交代一定要改！"

范玉成呵呵地笑了。

"文章好改，只是这墨本上的字怎么改写过来呢？"陈主任问。

"你放心。这位老书法家的字，我熟悉，要改的字，我可以补写得和他分毫不差，这个功夫我还是有的。"

一个月后，《重修望江楼记》碑刻好了，看过的人都啧啧称赞。

父子俩在走之前，认认真真地登上了望江楼，看古香古色的横梁直柱、飞檐翘角，抚红漆栏杆、雕花门窗，品匾额、楹联的内容和书法，确实可称之为杰构。他们登到顶楼，送目远望：湘江如带，白帆点点；远山似簇，村镇笼烟。

范玉成对儿子说："刻碑的人，责任重大，历史是不能作假的。否则，我是不敢登上这望江楼，我怕前人责怪、后人唾骂！"

儿子说："爹，我会记在心里的，您放心。"

名鼓师

早已过了花甲之年的杭义仁，是振兴京剧团的首席鼓师。鼓师在梨园行中，被尊称为鼓佬。鼓佬是"场面"（乐队）的领袖，又是一台之主，演出尺寸的快慢，气氛的渲染，情绪的烘托，都在他的掌控之中。团里声名赫赫的名角，对鼓佬是丝毫也不敢怠慢的。

老生名角秦玉振，从二十岁上走红起，一直都是请杭义仁打鼓，一打就打了三十年。因为杭义仁在家里排行老三，又比秦玉振年长十五岁，因此秦玉振一直称他为"三爷"。

三爷的鼓打得太好了，武戏打得"帅""脆"有气魄，文戏打得"稳""活"而潇洒。秦玉振说："三爷的鼓，打得极简洁，'键'（鼓槌子）无虚发，一下就是一下，恰恰打在演唱者的节骨眼上，能打出气氛，能调动演员的情绪，他人难及。"

秦玉振演《空城计》中的诸葛亮，在听到探子来报，街亭失守，司马懿随至的消息后，先是心中一阵阵慌乱，接着强自镇静，在离帐走向城楼的过程中，有大段的"摇板"，属于紧打慢唱，这时三爷的鼓，下下打在他的心上，衬托出诸葛亮孤注一掷，未卜吉凶，又无法告人，还得故作散淡之态的矛盾心理。还有，他演《孝义节》一剧，三爷在下高台过门中，用堂鼓模仿风声水声，泠然动听。

这样的鼓佬到哪里去找呢?

每次演出前,秦玉振都要先到三爷的鼓架边,恭敬地说:"三爷,又要劳驾您啦。"闭幕后,妆未卸,戏衣未脱,秦玉振立即奔过去拱拱手,说:"三爷,您辛苦啦。"

每当这时候,三爷就会孩子似的哈哈大笑,晃着一个一年四季都刮得光光亮亮的大头,说:"给您打鼓,是我的福分,听了您多少好戏!"

三爷六十岁的时候,秦玉振在一家酒楼,办了十桌酒席为三爷贺寿。在连敬过三爷三杯酒后,秦玉振说:"三爷,我有一事相求。"

"您说。"

"按理说,您该退休了,我想再请您捧几年场,我才四十五岁,还可以好好唱几年,没您的鼓哪行?"

杭义仁犹豫了一下,立即说:"没说的。"坐在旁边的老伴还想说什么,被三爷用眼色制止了。

三爷依旧快快活活地为秦玉振打鼓,春风夏雨,秋霜冬雪,从没有误过场,也没出过什么疏漏。

有一天,秦玉振发现三爷的鼓架边,放了一个高几,高几上摊着一块白绒布,绒布上散放着大大小小的绿玉、白玉、黄玉。鼓架的上面,挂了一个竹鸟笼,里面是一只鹌鹑。不要打鼓的空闲里,三爷两只手便去捏摸那些玉,或者去逗那只不叫唤只扑打翅膀的鹌鹑。

秦玉振知道三爷喜欢玩玉,也喜欢养鸟,那是在他家里呀,怎么搬到舞台上来了?是不是三爷对延聘他连续打鼓有想法,碍着情面不好说，以此来作提示呢？玩鸟、玩玉，心为他用，一旦忘记了打鼓呢，那岂不是误事了！

可三爷就是三爷，到了该打鼓的时候，放下手里的玉或逗鸟的米粒，操起鼓槌子，照样打得滴水不漏。记得那晚他演《武家坡》，唱到"三人同掌"的"掌"字，十分峭拔，三爷在"掌"字上用鼓槌单击一下，使"掌"字往外凸显，真是神来之笔。

也许人老了，就像孩子，"老小老小"，三爷真的变小了。秦玉振想：他要玩就玩吧，又不耽误打鼓！

三爷突然病了，住进了医院，一检查是肝癌晚期。

秦玉振忙去了医院，奔进病房，恭恭敬敬地站在三爷的病床前。他看见三爷的脸色蜡黄，双目无神，疼痛使他的额头上布满了粗大的汗珠子。三爷的床头柜上放着那只鸟笼子，里面的鹌鹑不见了；他的手里正捏弄着几块玉。

三爷见了秦玉振，艰难地说："这病大概是早有了……肝部总是痛，一痛……我就逗鸟、玩玉，分散点儿注意力。也奇怪，只要打起鼓来，又什么都忘记了。唉，鸟早两天也死了，先我而去，我大概也没几天了。秦老板……对不起啊，本想再为您打鼓，现在不行了……"

秦玉振呜呜咽咽地哭起来："三爷，我……不该耽误了您的诊治……"

三爷勉强笑了一下，说："玉振，我真的不悔……这几年您演了多少好戏，光碟公司为您发行了专辑，中央台的'空中舞台'……向全国现场直播了您的大戏，我也跟着您沾光啊。"

三爷显得很疲倦，缓了一阵，伸手从枕头下抽出几个厚厚的笔记本，递给秦玉振，说："此生为您打鼓……在什么戏什么关口……用什么锣鼓点，都记在这里面，或许接替我的人用得着。我们爷俩的缘分，就到此为止了……"

一个月后，三爷离开了这个世界。

每年的清明节，秦玉振都会带着收录机和几张光碟，到三爷的坟墓前去坐上小半天。收录机里传出了他的唱腔和三爷打出的鼓点，"长槌""短槌""乱槌""四记头""九槌半"……

鼓声在天地间久久地回荡着。

男　旦

已到不惑之年的石寒秋，此生最大的憾事，是与梨园失之交臂，没有当上一名正式的旦角演员，当然更谈不上成为名角与大腕了。而是在大学中文系毕业后，怅然到一所中学去教语文，一教就是十八个年头。

石寒秋是个须眉之身，独尊旦行，准确地说是男人演绎的旦行，这不是怪事吗？其实，说怪也不怪，他的当中学教师的父亲，就特别钟情于旦角戏，对"四大名旦""四小名旦"极为推崇，家里所有的唱片和磁带，几乎都是这些角儿的名剧、名段。没事时，老爷子泡上好茶，眯着眼睛痴痴地听，轻声地跟着哼，用手有滋有味地敲着板眼。

古语说："近朱者赤，近墨者黑。"石寒秋自小就浸淫在这样一种氛围里，能不受影响？他记住了戏文的情节，熟悉了梅、程、荀、尚的演唱风格，而且能有板有眼地唱上几段。不知道为什么，他特别喜欢程砚秋的唱腔，那近乎凄楚的"鬼音"令他痴迷。

初中毕业了，石寒秋想去考戏校"坐科"，他爹说："读完中学再说。"

初中毕业了，石寒秋重提旧话，老爷子把个头摇得拨浪鼓似的，当然不是视唱戏为贱业，而是因为儿子的身子骨太粗壮，一张脸太宽大，哪里能见出半点女儿的风姿？"儿子，你不是这块料，就别去糟蹋老祖宗的好玩意了。"

石寒秋只能认命。

读书、参加工作、娶妻，但没有生子。二十八岁时与档案局的档案管理员丁蒲结婚，也不知播下多少种子，居然没有一颗能生根、开花、结果。

丁蒲认为这全是石寒秋的过错，迷戏不说，还迷着女戏子的做派，兰花指、女儿腰、娘娘腔，这阳刚之气就不足了，而且……心里有了别的女人，又分去了多少精神！

这小两口的日子，过得别别扭扭的。

石寒秋是省城光华京剧团当家旦角江上鸥的超级"粉丝"。

省城离石寒秋居住的城市不远，也就四十来公里。光华京剧团隔上一段日子，就会到这里来演出，三场五场的，有时长达十天半月。对于石寒秋来说，简直是盛大的节日，凡有江上鸥上场的戏，他是必看的。

他也会礼貌地问丁蒲："一起去看看？"

丁蒲一噘嘴，说："看那个女人的戏？不去！"

看戏不说，石寒秋还在卧室的墙上，贴了不少江上鸥的剧照，柳眉入鬓，凤眼传神，美极了。

在剧团没来演出的日子里，石寒秋总是不厌其烦地听江上鸥的唱片、磁带，看江上鸥的录像资料，学唱江上鸥脍炙人口的那些名段。有时，还会勒头、贴片、化妆，戴上珠花头饰，穿上自备的戏衣，在自家的客厅里，作古正经地过一过戏瘾。

他最喜欢学唱学演的是《玉堂春》："苏三离了洪洞县，将身来在大街前……"

丁蒲喊了一嗓子："你还让人活不活了？一个大老爷们，扮一个小女子，丑、丑、丑！"

石寒秋装着没听见，该干啥还干啥。丁蒲一甩门，愤懑地走了。

晚上，丁蒲没有回家，石寒秋的岳父却来了，岳父是一个退休多年的老工人，很朴实，很和善。

丁老爷子坐下后，问："小石呀，你们又闹意见了？"

"嗯。"

"你学京戏是好事，可不能生外心啊，那个江上鸥，你这么痴心痴意地恋着，丁蒲怎么想得开？"

"爹，我是恋着京剧，唱一唱，学一学，比打麻将赌钱，总要好得多。再说，这江上鸥江老板是个男的，小丁她不是胡搅蛮缠吗？"

"男的？"

"是男的。小丁不信，明天上午江上鸥要和票友们在剧院里见面哩，她可以去看看。"

丁老爷子笑了，然后说："这丁蒲呀，真是蠢到家了，我回去说说她。"

第二天上午，丁蒲去没去剧院，石寒秋不知道。他坐在第一排，看着西装革履的江上鸥，三十岁出头，庄重、斯文、状若书生，举止言谈没有半点脂粉气。即使是内行人，也只能从他偶尔嫣然一笑而倩然后敛的习惯口型上，看出他长期舞台生涯留下的一丝痕迹。名角就是名角！

中午，石寒秋回到家里。

丁蒲已把饭菜摆在桌上了。

"见过江上鸥了？"丁蒲问。

"嗯。你也见过了？"

丁蒲点点头，突然，仰起头大笑起来，笑完了，大大咧咧地说："寒秋啊，如果江上鸥是个女人，你迷着京剧，我倒是觉得正常。上午一看，他不就是个和你一样的大老爷们吗？你迷着这京剧，不是疯就是傻，犯得着吗？"

石寒秋刚刚拿起筷子，听了这话，猛地把筷子放下了，气得一张脸煞白煞白。然后，一句话不说，扬长而去。

过了些日子，他们离婚了。

石寒秋除自个儿的换洗衣服之外，只要了属于他的书籍，江上鸥的唱片、磁带、录像带、剧照，以及一些唱旦角用的头饰和戏服。

有的人一生就活在一个梦里。

石寒秋的梦，就是永远想做一个又永远也做不成的京剧男旦。

丁蒲能理解吗？不能。

夜访记

潇湘纺织品总公司总经理皇甫松，一个人开着辆小车，从省城来到湘潭分公司门口，正是晚上九点钟的时候。走出小车，扑面而来的是一股股灼人的热浪。

早已站在门口迎接的分公司经理费天急忙蹿上前来，说："老总，你秘书不带，司机不要，一个人夜访湘潭，进城了才打电话，准有什么急事了？"

"什么急事也没有，想你了，老伙计。"

他们年纪相近，都是四十岁出头，又共事多年，彼此的情谊是很深的。

"你什么时候没有事？鬼才信哩。快，外面热，上会客室去。"

这是一栋五层的办公楼，上上下下共有百来个工作人员，分散在各层办公。每层就是一个大办公室，用齐腰高的玻璃隔成一个一个的区域。一楼南端有一个会客室，值班人员见他们来了，忙打开门、开灯、启动空调、沏茶，然后掩上门走了。

皇甫松喝了口茶，说："费天，我今晚来，当然有事。"

费天笑了："为了在北京设立产品外销联络处，该派谁去当主任？"

"对，我不想在总公司机关选人，'近亲繁殖'不是好事。底下有的是能人，他们也应该有机会脱颖而出。"

费天涎着脸开玩笑说："派我去吧，也该让我喘口气了，是不是？"

"让你喘口气？我呢？你别做梦了，我离不开你，要累，一块儿累！"

费天装作无可奈何地摊了摊手，然后说："我将几个干才的材料，几天前就派专人送给了你，你看了吗？"

"看了。优点全相同，行文的口气也一个样，我与他们平日又没有什么接触，纵是神仙也分辨不出谁强谁弱，你是难为我了。"

"这好办，今晚你去宾馆歇着，明天让他们一个一个地面试，行不行？"

皇甫松摇摇头，说："我今晚就得赶回去。这样吧，你领着我楼上楼下走一趟，看看办公现场。"

费天只好领着皇甫松，去看一层一层的办公室。他心想：老总是不是想突击检查他的管理水平？假如这样，他才不怕哩。

一色的磨石地面，纤尘不染，光可鉴人；同一个规格的黑漆大办公桌、高背靠椅，整齐而明快；桌子上放着统一的办公用具。唯一不同的是各人自备使用的茶杯，材质有搪瓷的、紫砂的、瓷的、陶的、玻璃的，颜色有黄、黑、紫、白、绿、红等，大小、高矮、肥瘦也有别。

皇甫松看得最认真的是茶杯。他记得古人说过这样的话：饮茶之具，因与饮者朝夕相处，最见其脾性、喜好。他指着一个米黄色的无盖大搪瓷缸说："这个缸子足可盛两斤水，主人应是个大胖子，而且是男性，恐怕性子急，嗓门大。"

费天惊诧地点点头，说："对。"

另一个办公桌上，立着一只紫褐色的紫砂杯，盖子上浮雕着一只秋蝉，杯身上刻着唐代诗人骆宾王凝神听蝉的姿仪，还刻着他的四句诗："不堪玄鬓影，来对白头吟。露重飞难进，风多响易沉。"

皇甫松说："这个人年纪不小了，也有点本领，但时有牢骚，觉得自己受委屈了，真要干事，又前瞻后顾。是吗？"

费天头上冒出了汗，皇甫松谈到的这两个人，都在他上报的名单之列，一个是什么事都爱和他"急"；一个是整天找他发牢骚，他想把他们"推"走，所以评语都是写得很好的。

走到第四层楼的办公室，值班人员早把灯打开了，一片光明。皇甫松先是站了一阵，用眼睛把所有的办公桌扫视了一遍，然后走向顶端挨墙的一张办公桌。费天紧紧地跟了上去。

办公桌的前端，整齐地放着文具盒、文件夹，旁边立着一个薄胎瓷青花茶杯：鼓形，大小如一个女性的握拳；纯白底色上画着几丛兰草，兰草间有风吹过，修长的叶子有飘飞之势，题了唐代韩愈的诗句："兰之猗猗，扬扬其香。不采而佩，于兰何伤。"

皇甫松小心地拿起茶杯细看，杯里无茶垢，杯口无饮啜时的痕迹，说明下班时是必洗干净。再看杯底，有名人印章，证明是件手绘的工艺品。

"这是个年轻的女性，而且未婚，应该是个艺术系的毕业生。这样的杯子，价格不菲，说明她是个爱美的人。薄胎瓷易碎，可看出她为人谨慎，做事有度，有才华而不张扬、抱怨，只是静候机会，'不采而佩，于兰何伤'，可见其心迹。日日清洗，爱惜杯子如爱惜名声，以兰自许，决不肯落于流俗啊。她叫什么名字？"

"于兰。"

"我想应在你所报的名单之中？"

"……"

"好。费天，我该打马回省城了。"

他们并排一起走出办公大楼。然后，皇甫松打开车门，坐了进去。鸣了一声喇叭，小车开动了，喷出淡淡的尾气。

费天望着远去的小车，久久地发愣。

墨竹图

省城楚天书画院的老画家关奇，一个人悄悄地乘火车来到两百里之外的石江市。临近中午的时候，他走在芙蓉街上寻访一家"绿风书画店"。他走得很慢，到底是快七十岁的人了，腿脚不像年轻人那样灵便。

他之所以匆匆赶来，是听人说这里的一家小书画店里，标价出售着他近两年画的大写意墨竹图，价格不贵，也就四五百元一张。这使他很吃惊也很气愤。他从没把画放在这家小店寄卖过，而且，他的画价不应该这么低廉。

在省城，他的竹子四尺三裁卖到每张三千元，四尺整张则已上万元。他倒要看看这些画的真伪，问问这些画是从哪个渠道得来的。

正是仲秋，天气有些凉了。芙蓉街上栽着不少木芙蓉，大朵的花红在飒飒的秋风里，很好看。

关奇终于在街尾处，找到了"绿风书画店"。店子很小，匾额、对联崭崭新新的，看得出才开张不久。关奇的目光久久地停留在门两边的对联上，这是用两块长条形的梨木板阴刻的，字体是仿金冬心的漆书，以绿色的油漆涂于凹下去的笔画间，联语是：昔以青春付锤錾；今赖字画换米盐。

关奇心里叫了一声"好"，这联语俗中见雅。他立刻猜测店主可能曾是一个工人，后来下岗了，因爱好字画，便开了这个小店谋生。

关奇走进店堂去。

店堂真的很窄，靠墙有一截柜台，柜台后站着一个四十多岁的中年人，有些瘦弱，但眉眼间溢出聪慧之气。

"老先生，您好。"

中年人从柜台后走出来，脸上的笑很腼腆；脚有些不便利，一瘸一拐的。

"老先生，需要什么字画？"

"啊，我随便看看。"

关奇认真地观看挂在墙上的字画，有山水、人物、花鸟，有写意也有工笔，都还不错。他突然看见他的作品了，是几幅墨竹，一字儿排着六七幅，四尺三裁的，四尺对裁的，每幅标价才五百元！这是他的手笔吗？有点儿像，不，是很像，连那款识和印章都像那么一回事儿。但再细看，又分明留下破绽，比如风竹中的竹叶，飘飞的感觉还有些欠缺；比如雨竹中的竹竿，用笔还不是那么润湿。但能达到这个程度，已属不易，古人说：一世竹，半世兰。作假者年岁应该不会很大，因为撇竹叶时的行笔，冲劲很大，有一股焦躁的情绪在流淌、喷溅！

关奇问："老板，这是关奇的真迹吗？"

"是……的。"

"是他送来寄卖的？"

"不。是小店从一个熟人手上收购的。"

关奇的嘴角叼起一丝冷笑。

"我可以请问你的尊姓大名吗？"

"老先生，我叫郑文来。"

郑文来搬过一把椅子放在柜台边，殷勤地请关奇坐下来歇歇，然后又给他沏了一杯茶。

"谢谢，郑老板。"

"老先生，叫我小郑吧。"

"小郑，你原先是当工人的？"

"是钳工。可厂子破产了。"

"就开了这个小店？"

"嗯。从小到大爱好书画，就筹钱开了这个小店谋生。"

"家里还有什么人呢？"

"上有终年瘫在床上的老母，下有念高中的儿子。还有个也下了岗的老婆，只能在家服侍老母。"

"日子过得有些难，是吧？"

郑文来叹了一口气。

关奇啜了一口茶，茶很香很热。

"生意怎么样？"

"才开张一个月，不怎么样。"

"关奇的画不好卖？"

"嗯。"

"那是因为是假的。"

"真的吗？"

"小郑，我就是关奇。"

刹那间，郑文来愣住了，然后说："关老，真对不起，我摘下这些画，再不卖了。"

这时候，又进来好几个上年纪的顾客。

关奇说："小郑，这几张竹子虽是作伪，却画得不错。你摘下来，我来补几笔，再题几行款，我身上正好带着印章哩。"

几个顾客围过来，问："老板，这位老先生是谁？"

"著名画家关奇先生。"

"关老，久闻您的大名啊。"

"今天我们有眼福了。"

郑文来把墨竹图摘下来，并准备好笔、墨汁和砚台。

关奇取过一张画，在柜台上展平，提起笔蘸上墨，在原有的竹叶间再补画几片竹叶，整个画面一下子生动起来。然后在一个适当的位置上，飞快地写下款识：此画学我之笔意，可以乱真也，惜不能与其一晤。以其功力，不必用关奇之名，再经努力，自可卓然而立。关奇题。接下来，他又钤上自带的印章。

"我要了！给，五百元。"

关奇说："不！是一千元。"

"行。"

经关奇补笔的画都被买走了。

店堂里又空了下来。

"小郑，这些钱你只管收下，你家里正需要钱用。你再寻两张宣纸来，我当场画，你也是行家，看了我的运笔，你可以转告那个造假画的熟人，他的画只欠一点点火候了，前途无量啊！"

郑文来的眼里忽然有了泪水……

琥珀手链

　　年近半百的湘楚大学考古系教授柏寒冰，业余爱好除了看书、著述之外，最喜欢做的事，就是抽闲去叩访城南的古玩街。一个店铺一个店铺地看过去，金石、字画、瓷器、杂项，在一种高雅而古典的气氛中，让身心得到最大的愉悦。他不着意于收藏，但偶尔也会买上几件被店主看漏了眼的小玩意，价格便宜，又"真"又"古"，做平日休憩时的把玩，那一份快意只有他自个儿知道。

　　古玩街的店铺，他太熟悉了，有经营专项的，也有啥都上柜出售的。前者历练已久，属于"老江湖"了；后者往往初入此道，于杂乱中显出一种热闹。柏寒冰特别留意于后者，往往在这种地方，可以"捡漏"，淘到称心的宝贝。

　　在午后稀薄的阳光下，柏寒冰走进了这家新开张的"赏奇斋"。他清楚地记得，这家店铺原名"悦古斋"，专营古旧家具，店主是个白发老爷子，大概是赚够了钱，把店铺转让了。里面的格局，已经全变了，古旧家具一件不见，墙上挂着字画，博古架上摆着铜壶、瓷瓶、佛像，柜台里胡乱搁着一些钱币、项链、砚台、灯具，一看就知道店主应是个品位不高的新手。

　　柜台里果然站着个年轻人，不到三十岁，长得很粗壮，浓眉、大眼、高鼻，下巴上蓄着一小撮胡子。看见有客人进来，他只是点点头，连问候都没有一声，不是过于自矜，就是有点傻愣。

柏寒冰冷冷地扫了他一眼。进门时，从墙上挂着的营业执照上，知道这个店主叫毕聪，本想主动打个招呼，喉结蠕动了一下，到底还是忍住了。

柏寒冰先看字画，真的、好的，少！有一幅黄胄画的《毛驴图》，初看，题款是真的，可那几只毛驴用笔用墨虽有几分相似，但不是黄胄画的，缺那么一点精气神。看得出是一张黄胄的真迹，分成了两张画，这张是真款假画，另一张呢，只可能是真画假款，没挂出来罢了。他再看博古架上的玩意，最终也只是摇了摇头。然后蹲到柜台前，俯下身子，细细地看。他的眼睛突然一亮，那不是一串琥珀手链吗？但说明卡上只是标着"旧式手链"四个字。他的脑海里立即蹦出一段段的说明文字：琥珀为植物树脂经过石化的有机矿物体，产于煤层或滨海的砂石矿中，起码经历了四千万年的演变；色分蜡黄、红褐，称之为"金珀""血珀"……

他相信他的眼力不会错，这串暗红色的琥珀手链，是用八颗琢磨好的琥珀珠穿成的，每一颗都有拇指甲那么大。当然，检验琥珀的真伪还有其他办法：其一，在皮毛或丝绸上摩擦后，看琥珀可否吸引小纸屑；其二，琥珀的比重略大于水，在一杯水中搁少量的盐，看放入的琥珀是否会漂浮起来。但他无须这样烦琐地求证，此刻他只是想知道，毕聪是否明白这串手链是琥珀的就行了。

柏寒冰问道："请问这手链是什么材质的？"

毕聪说："不知道。是从一个老宅子里收购来的，应该是个老玩意吧。"

"出价多少？"

毕聪想了好一阵，咬了咬牙，说："五百元吧。"

柏寒冰心里笑了，这样大的琥珀珠，每颗应在两百元左右，可见毕聪真没看出这是琥珀手链。

"请拿给我看看，好吗？"

"好。好。"

柏寒冰并不是真要看，只是做出看了又看的样子罢了，然后说："可以少点儿吗？"

"多少呢？你说个价。"

"四百元怎么样？"

毕聪装出很犹豫的样子，吞吞吐吐地说："你就再加五十元吧。"

"行。我要了！"

柏寒冰付了款，转身准备走时，毕聪很恭敬地说："你是柏寒冰教授吧？"

柏寒冰愣了，问："是。我并不认识你呀。"

"我买过你一本谈考古的书，上面有你的照片。我叫毕聪，请你记住我，日后还请你多多关照。"

"小毕，我'捡漏'了，这是琥珀手链，你居然没有看出来！"

"是吗？我高兴啊，今天认识了你这位大教授。"

"小毕，再见！"

"柏教授，你走好！"

……

又过了些日子，立冬了。

本市的一家拍卖公司，从古玩街征集了一批古玩，准备邀请企业界人士竞拍，响应者甚众。

在竞拍之前，拍卖公司先请文物专家前来鉴定、估价。还特意通知了有古玩送审的店主到会场旁听，以便增长见识。

柏寒冰当然在受邀的专家之列，当他走到会场门口时，毕聪立刻迎了上来。

"柏教授，你好！"

"啊，是小毕，你送了什么好玩意？"

"一张已故大画家黄胄的《毛驴图》，很多企业家都看中了这张画哩，出价不会低的。"

"就是挂在你店子墙上的那一幅？"

"对，就是那一幅，还得请你美言几句啊。那串琥珀手链，你觉得满意吗？我店里还有几个琥珀佩件，你什么时候来看看吧。"

柏寒冰全身的汗毛都竖了起来，那天他去买琥珀手链，还自以为是哩，分明钻进了毕聪设的"套"里！这小子哪会不懂琥珀？为的是让他尝点甜头，在关键时刻好说出违心的话。他拍拍毕聪的肩，说："你年纪虽小，心眼却多，真让我长了记性。"然后，一昂首走进了会场。

轮到柏寒冰发言时，他公正地评说了所有送审的古玩，重点谈了对《毛驴图》的意见：款识虽真，画却是伪造的，一定要撤下来！

毕聪痛苦地垂下了头。

第二天，柏寒冰特意去了古玩街的"赏奇斋"，把那串琥珀手链放在柜台上，钱也不要退还，扭头飞快地走出了店堂。

最后的绝招

古城湘潭的火车站设在郊外，是早几年建的，很大很气派。特别是候车大楼前面的那个广场，一个棚摊连一个棚摊，卖水果，卖日用百货，卖旅游纪念品，卖小吃，卖书报，吆喝声此起彼伏。棚摊是公家统一做的，不锈钢支架，五颜六色的塑料平瓦，然后出租给摊主。还有一些临时地摊，每天只收两元钱卫生费，摊主大多是一些走江湖的人，快速刻图章、练武卖膏药、唱地花鼓、剪像……这类人流动性大，短的三五天，也有长年在此的，比如"面人雷"。

"面人雷"，当然姓雷，但叫什么名字，谁也不清楚。他是吃捏面人这碗饭的，北地口音，六十来岁的样子，骨骼清奇，黄面短须，双眼特别锐亮，像鹰眼，有点冷。他在这个广场捏面人差不多有一年了，住得离这里也不远，租了间农家单独的土砖屋——以前是放农具和杂物的。

捏面人，在清代称之为"捏粉人""捏江米人"，因为所用的原料是江米面，掺入防腐防虫的药剂，蒸熟后分别拌上红、绿、黄、黑等颜料，然后用湿布包好，以便使用时不致干燥。捏面人除用手之外，还借助一些特别的工具：小竹片、小剪刀、细铁签。捏面人分为两种，一种是专捏那些《三国》《水浒》《西游》中的人物，捏好了摆着等顾客来买；一种是对着活人捏像，捏谁像谁。后一种是顶尖的绝技，"面人雷"操此技久矣。

只要不下雨不落雪，"面人雷"就会准时出来设摊。他的行头很简单：一个可收可放的小支架，上面挂着一个纸板，正中写着"面人雷"三个大字，两边各写一行小字："为真人捏像；继绝技传家。"再就是一个小木箱，里面放着捏面人的原料和工具。他捏面人很快，顾客站个十来分钟就行了，称得上是"立等可取"。顾客满意了，给十块钱；觉得不像，他不取分文，而且立刻毁掉，再不重捏——这样的情景似乎从没出现过。他捏面人，先是几个手指翻飞，霎时便成型，再用小竹片、小剪刀和细铁签修一修，无不形神毕肖。

世人能欣赏这玩意的，并不多。闲空时，"面人雷"会安静地坐下来，手里拿着面团，两只眼睛左瞄右瞅，专捏那些有特点的人物。真正有特点的人物是那些"老江湖"，算命测字的"半仙"，耍解卖艺的赤膊汉子，硬讨善要的乞丐，打锣耍猴的艺人……当然，他也捏那些在广场游荡乘机作案的小偷，江湖上称这类人为"青插"；专弄"碰瓷"的骗家，手里拎着瓶假名酒，寻机让人碰落摔碎，然后"索赔"；还有那些做"白粉"生意的，避着人鬼头鬼脑地进行交易……"面人雷"捏好了，悄然放入木箱，秘不示人。

这么大的广场，这么大的人流量，各类案子总是会发生的。

负责车站治安的铁路警察，常会秘密地把"面人雷"找去，请他帮忙破案。

"面人雷"会把那些涉案疑犯的面人拿出来，冷冷地说："你们只管抓就是，错不了。"

167

他们知道"面人雷"是靠这门手艺吃饭的，便要按人头给钱。"面人雷"说："这算我的义务，免了！只是……请你们保密，给我留碗饭吃。"

小偷抓了。"碰瓷"的抓了。贩"白粉"的也抓了。那些面人捏得太像了，一抓一个准。

这是个秋天的深夜，无星无月，风飒飒地刮着。

"面人雷"睡得正香，门闩被拨开了。屋里突然亮起灯，被子被猛地掀开，三个大汉把"面人雷"揪了起来。

"面人雷"立刻明白是怎么一回事了。他很镇静，说："下排琴，总得让我穿上挂洒、登空子，戴上顶笼，摆丢子冷人哩。"

"面人雷"说的是"春点"，也就是江湖上的隐语，翻译过来为："兄弟，总得让我穿上衣服、裤子，戴上帽子，风冷人哩。"

其中一个年纪较大的汉子，脸上有颗肉痣，说："上排琴（老哥），是你把我们出卖给了冷子点（官家），你应该懂规矩，今晚得用青于（刀）做了你！"

对方掺杂着说"春点"，气氛也就有些缓和。"面人雷"笑了笑，也不绕弯子了："兄弟，你们误会了，谁使的绊子呢？"

"老哥，没有不透风的墙，你老老实实跟我们出门走一趟。"

"我这一把年纪了，死也不足惜。兄弟，我捏了一辈子的面人，让我最后为自己捏一个吧，给老家的儿孙留个念想。不过一会儿工夫，误不了你们的事。也不必担心一个年老力衰的人，还能把你们怎么样。"

他们同意了。

"面人雷"打量了他们几眼，说："谢谢。"然后便拿出一大团面粉和工具，坐在桌前，对着一个有支架的小镜子捏起来。

三个人坐到一边去，抽着烟，小声地说着话。他们知道这个老江湖懂规矩，因此他们也做到仁至义尽。

"面人雷"很快就捏好了，是他的一个立像，有三寸来高，右手拿着小竹片，左手握拳。然后在底座边刻上一行字："手中有乾坤。'面人雷'自捏像。"

那三个人拿着面人轮流看了看，随手摆在桌子上。

"面人雷"说："兄弟，我随你们去走一趟，也算我们缘分不浅。"

夜很深也很暗，一行人急速远去。

两天后，在二十里外的一条深渠里，发现了"面人雷"的尸体，脖子上有深深的刀痕。

人命关天，公安局的调查雷厉风行地开展起来，很快就知道了死者是"面人雷"，很快就找到了他的住处。现场勘查时，在床铺垫被下找到了一沓汇款存根和几封家信，还有桌子上那个栩栩如生的面人。现在要寻找的是杀人凶犯，但几乎没有什么线索。

公安局刑侦队队长，是个年轻人，业余喜欢搞雕塑。他把"面人雷"的自捏像放在办公桌上，关起门看了整整一天。他发现那支形如利刃的小竹片，尖端正对着那只握着的拳头，而那拳头从比例上看略显硕大，似乎握着什么东西。"手中有乾坤"这几个字，也应是一种暗示。他小心地掰开了那个拳头，在掌心里出现了几个极小的面人！在放大镜下一看，眉眼无不清晰，那个脸上有颗肉痣的汉子，是个黑道上的头目，曾因诈骗坐过牢。"面人雷"在临死前，给这几个家伙捏了像，堪称大智大勇，不能不让人佩服！

这几个疑犯很快就被抓捕归案。

追认"面人雷"为"烈士"的报告也随即批复下来了。

追悼会开得非常隆重，正面墙上挂着"面人雷"的遗像——是那尊自捏面人的放大照片。

挽联是这样写的：

手中有乾坤，小技大道；

心中明善恶，虽死犹生。

郁剪剪

《湘江晨报》的文化记者吴净，又一次走进了青山铺乡郁剪剪的家。

正是暮春的午后，竹篱小院静悄悄的。温煦的阳光，柔柔地抚着那一字排开的五间青瓦房，瓦瓴上跳跃着几只褐色的麻雀。

因外地一个朋友，嘱他代为购买四张郁剪剪的剪纸门神，最好能上门去取，他只好亲自来了。

青山铺乡历来流行剪纸，这地方称之为剪花。郁剪剪的祖母、母亲都是剪花能手，"郁剪剪"这个名字是她们给取的。这名字使人联想到"剪剪春风"，但原本的意思，只是希望她在忙完农事、家事后，就不停地剪、剪、剪，在剪花中获得快乐，消解寂寞和烦恼。

郁剪剪如今已是古稀老人了。

二十年前，吴净第一次到青山铺乡来采访农民业余文化生活，写了篇关于此地盛行剪花的长篇通讯，并力荐许多剪花的女名人，郁剪剪就是其中的一位。没想到文章引起社会的广泛关注，本地和外地的报纸、电台、电视台记者，来了一拨又一拨。于是，这些看似平常的剪纸也就成了艺术品，又参展，又卖钱。

吴净作为第一个报道者，自然不会就此罢手，隔上一段日子就要前来采访。每次来，必去探望郁剪剪。郁剪剪专攻神话传说人物，"八仙"、门神、财神、花仙子、十八罗汉、钟馗……运剪洗练泼辣，而且带点夸张、变形，颇获赞誉。

每次告别时，郁剪剪总是颤声对吴净说："你让我扬眉吐气了，老田对我好多了。"

老田是她的丈夫，叫田谷生，长得很粗蛮，脾气又暴烈，爱喝酒，一有烦心事就打郁剪剪。等到郁剪剪出名了，剪纸可以换钱了，他的野性也收敛了不少。不过所有的钱都得由他统管，决不让妻子过手。

吴净径直走到堂屋的门前，高喊一声："郁老师——"

"来啦！"

随即，郁剪剪从堂屋后面走了出来，紧接着，红着一块脸的田谷生也醺然而出。

"是吴记者呵，贵客！快请坐。你怎么喊我'老师'呢？我不配。"

"在剪纸上，你当然是老师。"

当吴净在挨墙茶几边的一把椅子上坐下，田谷生也大咧咧地在另一边的椅子上落座，然后，挥挥手，大声说："大记者来了，还不快去泡茶！"

郁剪剪低声说："我……会的。"

"郁老师，别客气了，我就要走的。我这次来，是要买你的四件门神作品。"

"吴记者，不要买，我送你就是……"

田谷生使劲地"咳"了一声。

郁剪剪忙煞住话，目光也变得暗淡起来。

“是我的一个外地朋友，在画报上看到你的门神作品，很欣赏，托我来买的。”

“吴记者，你稍等一下，我去房里拿来。”

田谷生突然站起来，说：“你歇口气，我去替你拿。”

说完，就快步走进与堂屋相连的那间卧房里去了。

吴净问郁剪剪：“儿女们都住在附近吧？经常来吗？”

“来得少，老田从不肯留他们吃饭，几个钱看得比命还重。”

“跟你学剪纸的那个姑娘，自取艺名王一剪的，还努力吧？”

“还努力，剪得和我差不多哩。”

正说着，田谷生出来了，手里拿着的四张门神卷成一卷，递给吴净。

吴净问：“多少钱一张？”

田谷生说：“你是老熟人，就二百元一张吧。”

郁剪剪急了，说：“收多了，老田。”

“城里卖二百五哩。”

吴净忙付钱，然后告辞。

田谷生进房放钱去了，只有郁剪剪把吴净一直送到竹篱外。

郁剪剪说：“真的对不起，这个老田硬要收钱呵。”

吴净说：“收钱是应该的。再见！”

送别时，郁剪剪没有说那句总是要说的话。

吴净在黄昏时，回到了自己的家。

他把卷起的门神像，在案头展开，按顺序摆好，一组是秦叔宝、尉迟恭，一组是神荼、郁垒。粗粗看去，都还不错。再细看，前一组是郁剪剪的作品，下剪厚重老辣；而后一组显得干净纤巧，分明出自郁剪剪的学生王一剪的剪下。

吴净长长地叹了一口气，心有点痛。不是为了钱，是心痛怎么会发生这样的事。他明白，绝不是郁剪剪所为，定是田谷生进房后搞的名堂。至于王一剪的作品，或是放在老师处寄卖以图获得好价钱，或是田谷生用菲薄的价钱收购而来，吴净就不得而知了。但田谷生将王一剪的作品伪称为郁剪剪的作品，却是不争的事实。

吴净决定把王一剪的作品剔出来，再从自己的藏品中，寻出郁剪剪的同题作品补进去。他不能欺瞒朋友，更不能让伪作流传于世。

吴净把王一剪的作品，点着火，烧了。

一个月后，青山铺乡政府一个常写新闻稿的宣传干事，打电话告诉吴净：郁老现在再也不肯动剪刀剪花了，几乎天天和田谷生吵架，骂丈夫不该骗了你这个好人；若是田谷生动手打人，她就见什么砸什么，还大喊要一把火把房屋烧了。

吴净决定马上去一趟青山铺乡，找田谷生和郁剪剪分别认真谈谈话，他不能看着一个出色的民间艺术家，就这么被毁了！

最后的核雕

五十岁出头的居贤住院了。

住的是本市一家新筹建的肿瘤医院，医生、护士都是从各个医院抽调来的。

经检查，是肝癌晚期，也就是说居贤已经可以清楚地看见死神的面容了。

我到外地出差半个月，回到雕艺厂就听到了这个不幸的消息。作为老朋友，我当然是要去探视居贤的。可厂里人告诉我，居贤托人在厂宣传栏里贴了一张纸条，上写：谢谢关心，敬勿探视。他的脑袋是不是也出问题了？管他呢，反正我决定下午三点以后，到医院去，他总不至于把我关在病房之外吧。

居贤得肝癌，一定与他嗜酒有关。

在雕艺厂，有玉雕、石雕、木雕、葫芦雕、瓷雕、核雕各种行当，但从事核雕的只有居贤一人。居贤出身核雕世家，所谓核雕，就是雕刻橄榄核，属于微雕的范畴。核雕起于何时，书上没有明确答案，但在明、清两朝已盛极一时，明人魏学洢所写的《核舟记》，便是一个例证。橄榄核其形如舟，质地坚硬，故题材往往与舟船有关，如《东坡夜泛赤壁》《郑和下西洋》《草船借箭》等等。

居家核雕起于哪一位先祖，也不可考了。可考的是，居家的手艺与酒密不可分。雕手临睡前必喝酒，说是要在腹中孕育一团酒气；晨起洗漱后也要喝酒，让新旧酒气杂和混糅；雕刻时，身边还要摆上一杯酒。下刀之前，将橄榄核含在口中，让核儿从外而内渗入人气和酒气；半个时辰后取出，雕几刀，就要把核儿放在酒杯上蘸一蘸。这种家传的职业习惯，天天氤氲在酒气里，故居家的雕手，个个都嗜酒如命，虽说喝酒不误事、不乱性，但难有高寿之人。居贤的祖父和父亲都是雕艺厂的技工，六十岁上下就辞世了。而居贤五十出头就站在了死亡线的边边上，可嗟可叹。

居贤是十八岁进厂的，一口气干了三十多年，当然也喝了三十多年的酒。他的核雕作品无比精细奇妙，寸长之核雕成一船，船舱之窗可开可闭，船尾之舵转动起来吱吱有声，舱中人物、桌椅、器皿活灵活现。一件核雕作品有时要雕一两个月之久，或出口销往海外，或为一些收藏家订购，价格是很昂贵的。在全国的工艺品评比中，居贤得过许多奖状、奖杯。

我曾劝过他，要保重身体，除必要的喝酒之外，还是少喝为好。

他仰天大笑："不喝酒，核无灵性，人无灵气，居家的手艺是酒泡出来的。再说，我孤家寡人一个，不喝酒，闷得慌。"

居贤当然成过家，老婆是个医生，长得也漂亮。度蜜月时，他们去杭州盘桓了一个星期，两个人天天在湖上泛舟。但这个女子有洁癖，一闻到居贤口里喷出的有异味的酒气，就呕吐，吃不下饭，睡不着觉，完全是生理反应，与感情无关。半年后，两人客客气气地分了手。那时，我还没到雕艺厂来，所以没见过居贤的老婆。曾听人说，这个女人一直独身。二十多年过去了，居贤也没有重温旧梦，每个月的工资都丢到酒壶里了，一张脸总是泛着酡红。

居贤没有传人，谁愿意学这个行当呢？核雕费精神、耗眼力，而且——费酒钱，酒伤身体，也"伤"家庭。居贤的前车之鉴，让人望而生畏。

太阳渐渐西斜的时候，我走进了肿瘤医院的住院大楼，然后乘电梯到了十楼的肝病科。值班室里，端坐着一个年轻的女护士，正在翻着一沓病历。

"请问，居贤住几号房？"

"五号房。"

我正要转身，她又说："他不在病房里。"

"哦，去哪里了？"

"肯定……在医院门口右边短街上的一家小酒店里喝酒哩。"

这就怪了，医生还允许居贤去喝酒？他一个肝癌晚期病人，这不是火上浇油吗？

护士望了我一眼，问："你是他厂里的人？"

我点点头。

"这居贤呀，进院后，不肯做手术，不肯打针，只是象征性地吃点中药。他说这病他早就觉察了，这次住院原也是不肯来的，硬不来，领导就为难了，大家会骂领导不管群众的死活。"

"居贤每天在病房里干什么呢？"

"谁知道呢，门总是关得紧紧的。唯一可以进去的是庄敏庄大夫，庄大夫负责居贤的治疗，她进去后要待好一阵才出来。"

"庄大夫知道居贤喝酒吗？"

"应该……知道吧。"

我请求她领我到五号病房去看看，她答应了。

在五号病房前，小护士拧了拧旋把，门锁住了，她只好掏出钥匙插进锁孔里，打开了门。

这是个单人病房，一床、一桌、一椅、一几而已，但房里散发着挥之不去的酒气，不，在酒气中还掺杂着橄榄核的气味。

我走到桌子前，俯下身子细看，桌上还余留着未揩净的橄榄核碎末。

我默默地走出了病房，并决定去找一找居贤。

医院门口的右边，有一小截街道，果然有一家小酒馆，是专卖零酒及一些下酒物的。瘦瘦的居贤正坐在窄窄的店堂里，津津有味地小口啜着酒。

我突然坐到了他的对面。

他一点也不慌乱，仿佛我的到来在他的意料之中。

"居贤呀，你不知死活啊，还喝酒！"

他笑了，然后说："我问过大夫，我还能活多久。她说顶多半年吧。我说我平生好的就是这一口，就别管我了，反正阎王已经勾了名字，戒酒就没有必要了。她说，你只当我不知道就是。"

"是那个叫庄敏的女大夫吗？"

"是的。"

我长长地叹了一口气。

杯中的酒喝完了，居贤看了看表，站起来，说："我该回病房了，哈哈，庄大夫要来查房了。老弟，你千万不要来了，你们事多，别浪费时间。"

我的眼里淌出了泪水。

夕阳灿烂。

走出小店，居贤朝我挥了挥手，潇潇洒洒地朝医院走去。

五个月后，居贤溘然长逝。

他留下的两件核雕作品，都是在病中完成的。

一件是"金鼓龙舟"，二十四名桡手赤着上身，整齐地划着木桡；中舱击鼓者是个穿对襟短褂的老者，剑眉飞扬，银髯飘飘，双手握着鼓槌，正奋力擂鼓。鼓帮上刻着一行小字："金鼓龙舟。留赠古城雕艺厂。居贤。"在我所见居贤一生的作品中，这是一件神品！

另一件是一只常见的窄长的游船，艄公正摇着橹，船舱中隔几坐着一对青年男女，矮几上放着茶壶、茶盅。仔细看，男的分明是居贤，女的很漂亮，但认不出是谁。舱门上也刻着一行小字："难忘西湖四月天。留赠庄敏。"

舱中的那个女人，原来就是年轻时的庄敏庄大夫。许多年前西湖泛舟的那一份温馨，竟一直镂刻在他们生命的年轮里，这蓦然的相逢，又使他们领悟了什么？收获了什么？外人则不可知。

我又闻到了浓郁的酒香扑面而来……

择 邻

　　冯小梅和金大川，都在光明机械厂工作。女儿贝贝十岁了，正念四年级，又聪明又活泼，不但成绩好，而且会弹钢琴。为培养贝贝，两口子可是下了血本。唯一的遗憾就是房子太小，一室一厅，加上家具、钢琴、洗衣机之类的东西，简直再没有多余的空间。

　　这些年来，机械厂闹得很火红，业务繁忙，效益猛增，干部、工人的工资都在三千元上下。于是，他们对原先的居住条件不满意了。

　　厂领导决定，在离宿舍区不远的一个刚建成的社区里，先由公家垫付资金购下A、B、C三幢住宅楼，每家只需先预付五万元，其余的在每月工资中慢慢扣除。三室一厅、两室一厅，自个儿选定，而且可以互相挑选邻居，真是"以人为本"啊。

　　冯小梅是个车工，金大川在厂部技术设计室工作。家里的事，冯小梅说了算，是名副其实的"一言堂"。冯小梅在车工一班，人缘好，不但干活风风火火，而且肯帮助人，大家都很喜欢她，都想和她做邻居。

　　A、B、C三幢楼，每幢楼六层、三个单元，每个单元的每一层住两户人家。

车工一班，正好十二个人，代表着十二个家庭。大家一合计，都住 A 楼的第二个单元（又称为"中门"）吧，进出一张大铁门，上上下下为邻居，多好。

冯小梅说："我选六楼的六〇一室吧。"

大家很感动，这不是电梯房，她选取六楼是一种谦让。

与她车床挨车床的顾小兰，立刻说："我向小梅姐学习，住六〇二室！"

马贵芳说："我得当个最近的邻居，五〇一室。"

刘秀珍马上接话："那我就五〇二室，没人跟我抢吧？"

……

十二套房子尘埃落定，各有其主了。

立刻有人掏出手机，向厂部的"分房办"申报了情况。

晚上，冯小梅向丈夫一说，金大川什么意见也没有，只是强调说："你得仔细想想她们家的各方面情况。当年孟母择邻，为的是有个好环境，第一是有利于孩子的成长，第二是有利于我们的休息。"

冯小梅说："对。"

将与她家打隔壁的是顾小兰，丈夫是设摊卖服装的小商人，孩子放到奶奶家去了。可这小两口，喜欢串门。一开口就是名牌服装和钱。女儿贝贝听多了，岂不会受影响？

马贵芳住五〇一室，是个急性子，敢吼敢叫；丈夫是厂里的搬运工，说话不但粗鄙，而且嗓门大。这一对夫妇，动不动就吵架，还砸锅摔碗。在这一派噪音中，贝贝怎么能静下心来做作业、弹钢琴？他们的休息也会成问题。

五〇二室是刘秀珍，五十五岁了，在车工一班做勤杂工，无非是扫扫地、领领防护用品，很清闲。老头子是市里卫生局的退休干部，老是把人邀到家里来打麻将，弄得他原先的邻居怨声载道。

将成为冯小梅邻居的其余人家，她一一反复思量、比较，都有这样或那样的不尽如人意处。

她把这些情况和金大川一说，金大川把手一挥，果断地作出决定："另选一套房子！"

冯小梅说："那我就得罪人了，往后怎么在车工一班做人？"

金大川笑了："你把责任往我身上一推，说我不同意住这里，恶人让我来当。"

"假如，她们又要跟着我一起选房呢？"

"你傻呀，先不要声张。我去悄悄打个招呼，选一套 B 楼或 C 楼六层上的房子。等到出榜时，一切都成了定局，她们想换也来不及了。然后，你就说是我暗地里做的手脚，当着你的姐妹，还可以狠狠地骂我。"

冯小梅笑得差点岔了气，连连说："老奸巨猾，我得重新考察你了！"

一切都在有序地进行着。

冯小梅一家搬进了 B 楼的六〇一室。两个大人和女儿贝贝各一间卧房，钢琴和书柜、书桌占一间房，还有一个客厅、一个厨房、一个卫生间。这日子，又宽绰，又明亮！

车工一班的人，没能和冯小梅做邻居，虽有些遗憾，却并不生气，大家依旧亲亲热热的。偶尔也有人开玩笑，问她："小梅，这回你先生吃豹子胆了，敢违抗你的圣旨？"

"什么事他都听话，这一回他却咬死一条筋不放，我也只好让了他，男人要面子哩。"

"假如，半夜三更，他要和你做那件美丽的事呢？"

"去他的！一脚把他蹬下床去！"

大家一齐哄笑起来。

三天后的第一个晚上，暮色四合，华灯灿烂。

晚饭吃完了，家务也忙完了。贝贝关上书房的门，做作业去了。冯小梅和金大川，坐在客厅里看电视，声音拧得很小。

突然，他们家的大门被擂得咚咚直响，接着便传来苍老的歇斯底里的狂叫声。

金大川起身欲去开门，看看到底发生了什么事。

门外有另外一个女人的声音响起："别开门！别开门！"

金大川忙退回来，坐到沙发上去。

贝贝吓得一张脸惨白，从房里奔出来，挤坐到父母的中间，全身发抖。

接着，听见那家又出来两个人，把乱喊乱叫的人"架"了回去，尔后是那家的门"砰"地关紧。

那个人还在自家的客厅里喊叫，声音穿墙破壁而来。半个小时后，才趋于平静。

"隔壁住的是谁？大川，你打听了吗？"

"看名字都是生疏的，所以没打听。"

"明天你得去问问，可别是个疯子。"

"好。"

第二天，金大川从人事处把情况探明了。是个早退了休的工程师，"文革"中遭批斗，受了刺激，患了间歇性精神病，隔三岔五地会发作。

这日子还长着哩，居然碰上了这样一个邻居！

幸而那套旧房子还留着。

是坚定不移地留住这里，还是搬回去？两难呀！

冯小梅说："人熟了，反而总看见别人的缺点，想避得远远的。这是什么毛病？"

金大川耷拉着头，什么话也不说，只是一个劲地叹气。

配　角

　　父亲邵伟夫，先是话剧演员，后来又成了电影、电视演员。他的名字很气派，"伟夫"者，伟丈夫之谓也。可惜他一辈子没演过主角或次主角，全是很不起眼的配角，虽是剧中有名有姓的人物，也就是说几句不痛不痒的台词，演绎几个小情节而已。他的形象呢，身材矮小，脸窄长如刀，眉粗眼小口阔，演的多是反派人物：黑社会小头目、国民党下级军官、现实生活中的可怜虫……

　　他的名字是当教师的爷爷起的，爷爷曾对他寄望很高。没想到他读中学时，有一次演一个小话剧的配角神采飞扬，被动员去读一所中专艺校的话剧班，从此他就很满足地走上了演艺之路。

　　因为母亲是苗族人，可以生两胎，我下面还有一个妹妹。我叫邵小轩，妹妹叫邵小轮。通俗地说，我是小车子，妹妹是小轮子。我们的名字当然是父亲起的，母亲似乎很欣赏，觉得低调一些反而会有大出息。

　　母亲在街道居委会当个小干部，人很漂亮，我和妹妹似乎承袭了她的基因，长得都不丑。母亲对于嫁给了父亲，一直深怀悔意，原想会有一个大红大紫的丈夫，不料几十年来波澜不惊。我和妹妹自小及长，母亲都不让我们去剧院看父亲的戏；电视上一出现有父亲身影的剧目，她便立即换台。她还嘱咐我们，不要在人前提起父亲是演员。这种守口如瓶的习惯，久而久之造就了我的孤僻性格，在什么场合都沉默寡言。

读初中时，一个男同学悄悄告诉我："你爸爸的戏演得真好，可惜是个小角色。如果让他演主角，肯定火！"

父亲在家里的时间很少，尤其是进入影视圈后，或是东奔西跑到一个个剧组去找活干，或是找到了活必须随剧组四处游走。每当他一脸倦色回到家里，首先会拿出各种小礼物，送给妈妈、我和妹妹，然后把一沓钞票交给妈妈。

我把男同学的话告诉他，他听了，微微一笑，说："在一出戏中，只有小人物，没有小角色，这正如社会的分工不同，都是平等的。主角造气氛，配角助气氛，谁也离不开谁。"

母亲轻轻"哼"了一声，然后下厨房去为父亲做饭菜。

我看见父亲脸上的肌肉抽搐了一下，很痛苦地低下了头。

我读高中妹妹读初中时，父亲在外出三个月后，回到家里。他这次是在一部《五台山传奇录》的电视连续剧里，演一个貌丑却佛力高深的老方丈的侍者，虽是配角，出场却较多，拿了五万元片酬。他给我和妹妹各买了一台笔记本电脑，给妈妈买了一个钻石戒指。

我发现父亲的手腕上绑着纱布，便问："爸爸，你受伤了？"

他说："拍最后一场戏时，和一个匪徒交手，从山岩上跌下来，把手跌断了，我咬着牙坚持把戏拍完，导演直夸我敬业哩。"

母亲说："你也五十出头了，别去折腾了，多在家休息吧。"

他摇了摇头，说："不！你工资不高，小轩、小轮正读书，将来还要给她们备一份像样的嫁妆。再说，小病小伤在拍戏中是常发生的，别当一回事。"

我和妹妹不由得泪流满面。

后来，我考上了湖南师范学院的中文系，学校就在岳麓山附近。三九严寒的冬天，母亲打电话告诉我，父亲在岳麓山的爱晚亭前拍戏，让我去看看父亲，还嘱咐我最好把自己伪装一下，别让父亲分神出了意外。

漫天大雪，朔风怒吼。我戴上红绒线帽子、大口罩、羊毛围巾，穿上新买的中长羽绒袄，早早地来到爱晚亭前。警戒线外，看热闹的人很多，我使劲地挤站在人群里。父亲是演一个寻衅闹事的恶霸，样子很丑陋，说话还结巴，然后被一个江湖好汉狠狠地揍了一顿，上衣也被撕破了，痛得在地上翻滚。这场戏前后拍了三遍，导演才打了个响指，大声说："行了！"

我看见父亲长长地嘘了一口气，然后去卸了装，换上平常穿的旧军大衣。接着，又去忙着搬道具、清扫场地。等忙完了，他靠坐在几个叠起的道具箱旁边，疲倦地打起盹来，手指间还夹着一支燃了一半的香烟……

龙　票

　　这个地方叫戏台岭，处在湘潭城的郊外。几十年前，这里到处都是小山岗子，是岗如戏台，还是确因演过野台子戏而得名，则不得而知。如今，城市建设如吹足了气的气球，铆足了劲往四面扩充，戏台岭早已不复旧时模样，变成了一个一个的社区，水泥和砖瓦造就了新的风景。

　　五十五岁的龙子娱，是喜洋洋社区的清洁工。他曾经供职的一个街道小厂，在二十年前就破产倒闭了，从那时起他就开始打各种各样的工。虽然是一个人，赤条条来去无牵挂，但总得吃饭、穿衣，不能不去赚一份菲薄的工资。近些年，他有了低保的几百块钱，再加上打工的工资，觉得日子过得很滋润。他没有自己的房子，要房子做什么呢？聘用他的单位总会提供可以放下一张床的住处，这就够了。

　　他原本叫龙子如，后来有人告诉他，著名画家齐白石有个儿子也叫这个名字，他不想沾光，便改了个谐音字"娱"。他喜欢"娱"字的意味，因为从小及长，他爱看京戏，娱目娱耳也娱心。他还说之所以到这个偏离城市的地方来做清洁工，是因为"戏台岭"的地名让他浮想联翩，快乐无比。

　　他爱看京戏，也能哼几段小生戏，嗓子尖而脆，是一个真格儿的票友。这个社区有个众乐乐票友会，老年人居多，也有几个年轻人。但没有谁邀约他入会，大概是觉得他还不够格。但他们无论何时何地，聚在一起唱戏、谈戏时，龙子娱会翩然而至，默默地坐在一边看和听。清洁工是分地段料理的，没有时间限制，任务是只要保持地面干净就行了。大家不叫他的名字，只称他为龙票，意思是姓龙的票友。

第一次有人叫龙票时，他笑了，说："你们抬举我了。"

"是吗？"

"你们可知道，清朝的皇族贵胄，业余爱看戏也爱唱戏，皇帝给他们发下带龙纹的票证，允许自娱自乐，但不能去公共场所登台献艺，更不可收钱卖艺，这叫票友。因他们身份显赫，又有龙纹票证，故称龙票。"说完，龙子娱哈哈大笑。

众人再不作声，一个扫地的这么会侃！

龙子娱的卧室、工具室、卫生间，在社区西北角的一座小平房里。他无须做饭，社区有公共食堂。洗澡就提一大桶水到卫生间去，哗哗啦啦洗个痛快淋漓。晚上，坐在床上打开随身听，听京剧名家的光碟。公家没有配备电视机，他也不想去自购电视机，听京剧光碟就很满足了。

城里的大剧院，间或有本地或外地的京剧团演出，头几排的票上百元一张，中间的票五十元一张，最后几排的票也要三十元一张。龙子娱常在夕阳西下后，赶紧吃饭、洗澡，穿戴齐整，坐公交车到城里去看戏。

社区的人对他说："这太花钱了，你不该这么奢侈，听戏能长肉吗？"

他说："我爱的就是这一口，不去，心里空落落的。"

社区的荷池边，有一座仿古建筑听雨轩。这天下午，众乐乐票友社的一群人，带着乐器来这里票戏。胡琴、板鼓一响，龙子娱忙不迭地跑过来了。先听戏，再扫地，都不误。生、旦、净、丑，虽没有化妆、着装，一个个在京胡声中唱得十分过瘾。龙子娱坐在一边，用手在膝盖上打着板眼，听得极为认真。唱完了，大家又互相提意见，但多是夸赞之语。

忽然有人对龙子娱喊道："龙票，你可不能回回白听，你得进言作点儿贡献。"

龙子娱微微一笑："真要我说？"

"当然。"

于是，龙子娱清了清嗓子，对几位的演唱，先说优点，再说不足之处，都是内行语，一下子把大家镇住了。

"唱《定军山》的老生，嗓子不错，有亮音也有娇音，尤其是老音见功夫，美中不足的是缺乏炸音和张口音。此段中的'管教他'的'他'字就须用炸音，否则唱起来就不'冲'了。还有《搜孤救孤》中的那句'我与那公孙杵臼把计定'的'把'字，就要用张口音。"

哗啦啦掌声响成一片。

"龙票呀，你是真正的行家。再说说！"

"我看各位的功夫都不错，别老是这么玩。是不是可以排几出折子戏，作古正经地登台演出？让社区的人过过戏瘾！"

有人说："我们也想了多时了。各人虽有些戏衣、道具，凑起来不够呵。"

龙子娱说："可以慢慢想办法。社区不是要搞文化建设吗？

上面出一点，我们捐一点，反正，不着急的。我得去扫地了，再见。"

日子一天天地流逝，这件事却石沉大海，音讯杳无。谁心里都明白，难啦。

三年过去了。

龙子娱突然患了肝癌，然后过世，享年五十有八。临终时，他把一个存款折子，慎重地交给守在病榻旁的社区领导，断断续续地说："这是平生所存的五万块钱，将来给众乐乐票友社添置戏衣、道具吧。"然后，微笑着合上了双眼。

众乐乐票友会的全体成员，闻讯在龙子娱的灵堂，含着泪唱了一整晚的戏。这个一生清贫的人，应该享用这种送别仪式。他们决定各自再捐些钱，置办像样的戏衣、道具，认真地排几出折子戏，到各社区去演出，让大家好好地乐一乐！

地 锦

　　景影夫妇太喜欢这套新买的房子了，虽说是二手房，虽说只有一百平方米，虽说与彼此上班的单位有着不短的距离。但是，这栋楼的外墙爬满了地锦，让呆板的水泥钢筋结构墙，散发出无限生机，美得可人。

　　景影五十有五了，是林业大学园林系毕业的，之后又在园林管理局当技术员、工程师，再提拔到领导岗位上，如今是副局长了。景影一辈子与花花草草厮守，心情好极了。妻子刘欣在中学教语文，生得小巧玲珑，特别喜欢古人写花写草的诗词和散文，年纪大了却常常萌发少女的情怀，这很难得。

　　刘欣常和丈夫开玩笑："景影，你这辈子是改不了拈花惹草的毛病了。"

　　景影点头称是，然后说："你常自比弱草娇花，我能不小心侍奉？"

　　"景影，这地锦的名字就很有诗意。"

　　"它还有俗名，叫爬山虎、爬壁虎，最有韧劲，值得世人效仿。"

　　这栋楼只有六层，所以没有电梯，年岁在二十年以上。地锦把外墙涂得很绿，根扎在墙根，藤则攀墙乱爬，卵状的叶子重重叠叠，像厚厚的毯子。景家住在五楼，客厅、书房、卧室、卫生间、厨房的窗口周围，都爬满藤和叶，有的还向窗口探进头来，充满好奇心。到了六七月间，藤叶间还会冒出淡黄带点浅绿的小花，娇滴滴的。落雨的时候，雨声沙沙啦啦，好听。而下雪后，绿意上覆一层莹白，好看。盛夏骄阳如火，地锦却浓荫送凉；深秋下霜，叶子绿中透红，如无数跳跃的火苗。

他们之所以买这套二手房，是因为儿子要结婚，再买一套新房吧，钱还不够。于是将早几年买的一套大房子让出来，重新装修，做了年轻人的新房。然后，他们寻寻觅觅，相中了这套房子安身立命。这一切都是静悄悄地进行，没有惊动单位的任何人。景影平日上班、下班，从不要单位司机接送，所以他搬家、安家没人知道。儿子结婚，景影也没给本单位的人发请柬。这叫自己的日子自己过，图的是一个清静。

这地锦使景影浮想联翩，假如每个社区的每栋楼，都细心培养这种"垂直绿化植物"，那么，对于城市的空气净化和低碳化生活，功莫大焉。他起草了一个报告——《关于倡导城市住宅楼培植地锦的几点建议》，局办公会议自然是全票通过，然后形成正式文件，上报市政府有关部门。

景影在地锦送绿的书房，完成这个报告的初稿后，第一个读者当然是老伴刘欣。刘欣边看边念，每到妙处，必大声叫"好"。然后说："景影，我要为地锦口占一首诗。可惜，它不能录入你的大文，遗憾。题目是《咏护墙植物地锦》：地锦铺荫绿满墙，万家安乐笑炎凉。最珍春雨潇潇夜，叶叶歌吟湿舞裳。"

这回轮到景影喝彩了："好，言近而旨远。可叹我无诗才，不能唱和。但愿这个报告能得到领导的认可，并大力推广，则为大幸。"

报告呈上去几个月了，如泥牛入海无消息。

景影很惆怅。

社区忽然贴出通知：将组织专人，把各住宅楼外墙的地锦全部清理干净，以便美化环境，参加全市"美丽家园"的评选活动。

景影感到很惊愕，这真正是瞎胡闹。一打听，是省里一位领导，在市里有关部门陪同视察时，随便说了一句"要显出外墙本色才有整体美感"的话，于是层层认可，雷厉风行遵命照办。

景影雷急火急去了社区的管理办公室，对一位年轻的女主任，口若悬河地说了一大通道理，关键词是：决不能清除地锦！

女主任漠然地看着景影，然后说："上头有指示，我能不办吗？再说许多住户，都同意哩。你想想，我得请人，得发工钱，还要刷涂料，我愿意吗？"

景影大声说："别人同意，我不能阻止。但我家的房子，当然包括外墙，是我用钱买的，是我的私有财产。我家外墙的地锦，决不能清除！谁敢清除，我上法院告谁！"

景影说完，气冲冲地走了。

一栋栋楼外墙的地锦，被清除干净了，再刷上白色的涂料。

只有景影家的外墙，还留着一片地锦，如白色波浪中的一个绿岛，格外扎眼。

景影对老伴说："我就守望着这一片绿色，可奈我何？"

刘欣默默不语。

有一天，正好儿子、儿媳回家来吃饭，刘欣对景影说："你早出晚归，社区的许多闲话你听不到。"

"嚼什么舌根子了？"

"国人有窥探他人隐私的好奇心，原本互不打交道，但因我家不肯清除地锦，便成了一个议论的焦点。他们说：这家牛，因为男人是园林管理局的副局长，副处哩，谁敢去惹他！"

"屁话！这是简单的维权，与当副局长何干？"

"还有人说，小偷喜欢到有权有势的人家作案，他留下绿的标记，可以直奔其家，不致大家受难。"

景影气得一拍桌子，吼道："这是什么混账逻辑！我若是贪官，有的是钱，还买这二手房干什么？"吼完了，无力地坐下来，连连叹气。

儿子、儿媳忙说："爹，我们也担心哩。万一小偷上门，偷不到值钱的东西，又正好撞着你们两个老人，撒气行凶，得不偿失呵。"

景影忽然老泪纵横，说："你们看着办吧……"

刘欣马上走向摆放座机的地方，拨号给社区管理办公室，说："我家外墙的地锦，你们去铲除吧。"

时间存折

二十六岁的史力，突然一摸口袋，那个存折弄丢了。是掉在上下班的路上还是遗落在他停留过的地方？天知道。

这个大红封皮的存折，存的不是钱，是时间，整整五十个小时呵，比钱还珍贵。

史力的老家在乡下，父母为了供他读大学本科、研究生，真是吃尽了苦头。他本科是汉语言专业，硕士主修古典文学。没想到毕业后，找工作难于上青天，只好应聘去了一家文化策划公司搞文案工作。愤懑也罢，伤心也罢，他得先找个饭碗，再不能拖累家里了。好在公司在吉和山庄早买了几套三居室的房子，供未婚的青年员工居住，不收租金。一套房子住八个人，热闹得像集市，下班回来，打牌、看电视、聊大天。史力对这些都不感兴趣，他只想看看书，但看得进去吗？于是，他常孤零零趁夜色在社区闲逛；若是下雨，就在亭、榭、长廊里呆坐。

有一天，史力发现吉和社区，有了一家奇异的时间储蓄所。社区很大，几十栋楼，住了近三千人。老年人不少，其中一部分人或子女不在身边，日常生活需要人帮助；或是孤寡老人，有病且寂寞。于是管委会倡导中、青年人敬老爱老，利用休息时间到这些家庭去做义工，所花费的时间一笔一笔都记于存折，当自己需要时，则由其他义工来帮忙干活，谓之"领取时间"。

史力的业余时间太难打发了，于是申请去做义工，并领取了一张存折。储蓄所负责人告诉他："有个老人章文心年过七十，原是本市江南大学中文系的教授，老伴十年前过世了，无儿无女，他要找一个懂行的年轻人帮他查找资料，听他说话。我们物色了好久，你是最合格的人选！"

　　在一个星期六的上午，史力打电话给章文心时，对方说："小史，你来吧，我扫榻以迎。"于是，他第一次去了五栋三单元六楼的章家。

　　门早已打开，清瘦的章先生满头华发，站在门边，把他引进客厅。"我在为你煮茶，你先参观一下这上下两层的复式楼，看可否入目？"

　　上下两层近二百平方米的房子，除客厅、卧室、厨房、卫生间外，其他地方都立着成排的书架，书香如无形的波流在涌动，史力仿佛又回到了大学校园。

　　当他们面对面坐在客厅的长条茶案前时，章先生说："这是刚煮好的安化黑茶，请一尝。"

　　"谢谢。"

　　"小史，你硕士论文写的是什么呀？"

　　"是《论明人小品的艺术走向》。"

　　"这要读不少书呵，难得难得。张瀚的《松窗梦语》、屠隆的《考槃余事》、张大复的《梅花草堂笔谈》、袁宗道的《白苏斋集》、张潮的《幽梦影》……想必都入了君眼？"

　　"是的。我只是泛泛读过，没有深入地研究，很惭愧。"

　　"你虽离开大学，照样可以自学成才，只要吃得苦。'路漫漫其修远兮，吾将上下而求索。'何愁不成功。你叫史力，有字吗？"

"没有。"

"我给你起个字怎么样？就从屈原诗中取出'修远'二字。我名文心，字雕龙，取自《文心雕龙》的书名。"

"谢谢雕龙先生赐字。"史力突然双眼涌出了泪水，站起来向章先生深鞠一躬。

章先生哈哈大笑。

正午了。史力这才想起什么事也没做，很内疚。

"不，你陪了我三个小时，我写个条子给你，你可去时间储蓄所，登记在你的存折上。"

史力小心地问："我什么时候都可以来吗？但是……下次来，你得安排我做事，做什么都行。否则，我就不敢来了。"

史力觉得日子过得充实了。业余时间，他或者去章家，或者耳塞棉花在嘈杂的环境里看书。他每次去章家，先打扫卫生，再浆洗章先生换下的衣服，然后为章先生去查找资料。都干完了，一老一少坐下来喝茶聊天。

"修远小友，做学问必先从识字开始。"

史力愣住了，他认识的字不少呵。

"自提倡简化字之后，很多字的识别便成了问题。如'帘'，本指酒家的酒幌子及用棉、布做成的挡风门帘。以竹条做成的遮挡物，应是竹头下加一个'廉'字，李贺诗'箔中树影斜'，是竹编的帘，这才能从竹条缝中窥见斜斜的树影。"

"多谢先生教导。"

史力的存折上，有了五十个小时的记录。

这个记录义工时间的存折，居然掉了！其实只要史力到社区管委会说明一下情况，补发一个存折再记上数就可以了。他觉得毫无必要，章先生传授的做人和做学问的道理，才是他真正的积蓄。

三度寒暑过去了。

史力在章先生的指导下，将当年的硕士论文，扩展成一本近二十万字的专著——《明人小品的文化品格及个体生命潜能的释放》，由章先生推荐出版了。接着，章先生又慎重地写了推荐信，让史力到江南大学中文系去应聘当合同制的教师，并告诉他："你一边上课，一边考读博士生，只要肯下功夫，你将来是可以留校的。"

史力说："先生对我有再造之恩……"

"不，更重要的是你对自己的再造！"

说完，章先生拿出一个红封皮的存折，说："这是你三年前掉在我这里的，之所以没有还给你，是想看看你会有什么反应。愿意做义工而领一个存折已属不易，但你掉了后不去要求补发，心很安详，说明连理所当然的那点报偿都淡忘了，是修德修文之所至。"

史力接过存折，翻了翻，除原有的页码之外，又加订了厚厚一沓，上面由章先生填满了他每一次做义工花费的时间。他合上存折，双手捧着递还章先生，说："我做义工的时间，即先生义务教诲学生的时间，只有你知道我有多少长进，还是由你保管吧。"

章先生说："好！"

星 妈

湘楚京剧院上上下下几十号人，都称她为星妈。

星妈是明星之妈的简称，因为独生女郦丽，是该院的荀派当家花旦，虽只二十八岁，却早已誉声四播，粉丝阵营十分浩大。

星妈姓乔名凤英，五十岁出头，大脸盘，粗骨架，说话声震屋宇。她三十岁就守寡，却不再嫁人了，靠一条好嗓子吆喝卖水果为生，硬是把女儿培养成人：先读小学，再读戏校的中专和大专，然后成了名角。

郦丽说："妈，我在剧院有工资，还经常应邀去参加别的演出，你就不要去卖水果了。"

"好，妈就时刻陪着你。你出名了，会有一些打歪主意的人来纠缠，妈能保护好你。"

星妈与女儿形影不离，陪着去排练、演出，陪着回家吃饭、休息。女儿长得纤细、秀气，星妈则威武雄壮，对比强烈，成了一个看点，走在路上常有人指指点点。有愣头青小伙挤过来，要求与郦丽合影留念，星妈一声断喝："走开些！"还有人拼命把求爱信往郦丽手里塞，星妈一把抢过来，撕碎，然后往空中一扬，笑声像打雷一样洪亮。

郦丽有戏码的夜晚，星妈做好饭，和女儿吃过后，陪着去剧院后台。她笑眯眯坐在一边，看女儿化妆、穿戏衣。女儿登台后，她就站在侧幕边，手里拿着一把小巧的白瓷茶壶，随时准备让女儿下场时啜饮润喉。

郦丽能演花旦，也能演青衣，所会的戏很多，《霍小玉》《杜十娘》《玉堂春》《贵妃醉酒》《花田错》《十三妹》……不但扮相好，而且把荀派艺术唱念并重、动作优美的特点，发挥得淋漓尽致。郦丽不但京白说得好听，韵白也念得与众不同，好像有标点符号似的，在节奏中充满情感。唱起来则快中有舒缓，平淡中又奇峰突起，婉转悠扬，韵味醇厚。

京剧院的人都喜欢星妈，说她虽不在编，俨然他们的同事和长辈。

星妈的厨艺不错，常叫女儿把她的好友请到家里来吃饭。她亲自掌勺做出几道好菜。谁家有红白喜事，女儿送了礼，星妈还要单独送一份。所以，郦丽在前台后台，都有好人缘，大家都愿意帮衬她、捧她。

星妈也有心事，只是埋在心里不说。女儿得给她找个好女婿，她希望女儿幸福，也希望自己老有所依。

郦丽上戏校大专班时，因住宿在校，星妈管不到。小家伙年轻没经验，和教戏的老师鄂为好上了。

四十岁的鄂为已有妻子、孩子，会教戏也会哄人。直到有一天郦丽回家，老是不停地给鄂为打手机问怎么办，神色慌慌的，星妈见多识广，脑子一转，就知道是怎么一回事了。夜深人静，她拿了把菜刀，把女儿叫醒，让她说实话，否则宁愿自己抹脖子自杀。郦丽拗不过母亲，吞吞吐吐全盘托出，然后说她有身孕了，鄂为又不想离婚。

星妈问："你想怎样？"

"我要去学校告他，让他被开除，然后我再去打掉孩子。"

星妈说："不能去告。他受处分，你的名声也坏了，将来还怎么工作怎么成家？你先去做掉孩子，老娘再和鄂为好好谈一次，让他痛改前非，否则我要他的小命。这对大家都有好处。"

郦丽扑到星妈怀里，小声啜泣。

一件原本山摇地动的事，星妈悄无声息地处置妥帖。

星妈发现唱武生的白小飞，二十九岁了还没有成家，他很喜欢郦丽。白小飞长得英俊，武功好，唱得也好，走的是杨小楼杨派武生的路子。

每次星妈和郦丽走进后台，白小飞肯定在门口迎接她们，谦和地问候："郦老板好。星妈吉祥。"然后又说，"今晚戏份重，郦老板赶快去歇一歇。"有一次郦丽因受了风热有点咳嗽，他亲自上门，送来由他妈妈熬好的银耳冰糖汤，密封的小陶罐外还包了一片丝棉布。

事后，星妈问女儿："他很喜欢你？这小伙子人不错，大家都说他的好话。他向你提过吗？"

"没有。"

"为什么？"

"他爸过世得早，妈妈又没有工作，还老是生病，家里穷。他怕被人看不起，从不谈成家的事。"

"你喜欢他吗？"

女儿脸红红的，点点头。

"小白是个实诚的人，我看行，他不说，你就说。"

"哪有女的向男的说呀？"

"呸，什么时代了？蠢！"

秋风飒飒，枫红桂香。

这一晚是折子戏专场，一共四出，第一出是郦丽的《贵妃醉酒》，第三出是白小飞的《挑滑车》。

郦丽化妆时，老用眼睛往白小飞那边瞧。星妈也顺着女儿的目光去看白小飞，因他是第三出，不急着化妆、穿戴盔甲，木木地坐着，两只手不停地搓来搓去，还不时地摇着头。

星妈问："小白家里出什么事了？"

"他妈住院了。晚上他要演出，拜托医院的护士照看，他不放心哩。"

"我看你也是魂不守舍的，戏比天大，可不能演砸了。让我去告诉小白，我去医院照看他妈，你看好吗？"

"当然……好。"

星妈忍不住笑了，说："你呀——你呀！"

说完，就向白小飞那边快步走去……

这一晚的折子戏，出出精彩，叫好声此伏彼起如大江之潮。

卸了妆，白小飞奔到郦丽跟前，说："谢谢郦老板，谢谢星妈！"

郦丽小嘴一噘，说："还叫我郦老板？"

"哦，该叫郦丽。我们……一起去医院？"

"行！"

凤凰沱江夜

深秋时节。白天，在湘西凤凰观山赏水，叩访陈宝箴、熊希龄、沈从文诸先贤的故居，毫无倦色。入夜，同行的作曲兼男高音歌唱家伍音，告诉我们："沱江的夜景不可不看，酒吧的歌不可不听，美景、美酒、美歌，岂能枉失？我做东请大家！"

伍音蓄着长发的头，往上昂了昂，抖动的发丝似乎传出了快乐的细响。他眼睛微眯，显得很神秘。

我们一行来自北京，都是搞音乐的，或在大学任教，或供职于专业文艺团体。伍音是首都一家电视台音乐节目的策划人，又能干又才华横溢。到湘西凤凰来采风，是他提议并促成的。当然顺带还有一个任务，电视台在两个月后准备搞一台"农民音乐会"，或许可以碰到一些好节目。

我们的住处离沱江不过数步之遥，于是，在华灯初上时，我们欣然前往。

澄碧的沱江，在两岸层层叠叠灯火的映照之下，宛若一条缀满珠宝钻石的长花带，熠熠生辉地系在凤凰城的腰间。两岸的酒吧、歌厅、店铺，比肩而立，灯火与星月争辉，歌声与酒香杂糅。临河的石板街道上，人如蜂拥，笑语纷至沓来。码头边停着排排游船，路灯下摆着卖小吃的摊子。土家族的汉子肩挑水果，沿途叫卖；苗家小姑娘捧着鲜花，向少男少女兜售表达爱情的浪漫。我想起十里歌吹的扬州瘦西湖，想起南京笙箫喧闹的秦淮河，想起宋代词人柳永吟咏杭州的《望海潮》："烟柳画桥，风帘翠幕，参差十万人家。"此情此景，与其何其神形毕肖。

这场景，确实让我们亢奋，因为是初访。而伍音是旧地重游，且有数次，平日说起灯火沱江夜，我们只是半信半疑。

伍音引我们来到"守望梦"酒吧。两层小楼，格局不大，但清幽可人。奇怪的是大门边的台阶上，露天安放小巧的一桌二椅，大约是专为情侣所设，可近距离听江声观灯景，亦可听屋内传出的吉他声与歌声，再加上两个人的款款情语，会浪漫得让人发痴发呆。一楼的小厅里，有小歌台、吧台、酒柜、书刊架，还有四五张小桌及相配的椅子。店主老杨，和伍音很熟，忙迎上来，说："你几次打电话，说各位音乐家要光临本店，真是太荣幸了。"

"小石呢？"

"他得把家事料理一下，准晚八时到。先上二楼？"

"好。"

我们由店主引导上到二楼，长条桌临窗，十几个人各就各位。啤酒、香茶、水果、点心，一一摆上了桌，气氛一下子热烈起来。

喝酒、品茶、聊天，白天的疲惫烟消云散。

很快就过了八点。

楼下的小厅，传来歌手优美的吉他声和歌声。伍音说："是小石！这个歌手乐感很好，我过会儿把他请上来。"

酒酣耳热，茶沸舌甜。

又过了一会儿，年轻的歌手拿着吉他上来了。一问，他就是小石，苗族人，二十三岁，完全是自学成才，应聘于斯。他蓄着长发，脸白净，眉清目秀，穿着也很时尚。

他问："各位老师想听什么歌？"

伍音说："你喜欢唱什么就唱什么。"

吉他声响起来了，好听的歌声也随之而起："姑娘姑娘我想你，太阳为你燃烧，月亮为你升起……"

小伙子弹得很动情，唱得也很投入。一曲刚完，掌声响成一片。

接着他突然嗓音一变成了女声，尖、亮、脆，民歌与通俗唱法糅合得严丝合缝。歌名为《月下纺纱曲》。"白天收稻光脚丫，夜摇纺车月光下。阿哥进城打工去，思念如棉纺成纱。"

我们对湘西民歌的音乐素材并不陌生，小石唱的曲调有变化，在运气、节奏上，分明融入了一些时尚音乐的元素。或是他自个儿的创新，或是有高人指点，但我们更相信是后者。

我问："伍音，是你？"

伍音摇了摇头，说："是小石的别出心裁，我不过提了点建议。"

小石又唱了两支歌，才挥手告辞下楼去了。因为，还要照顾楼下客人的点歌。

有人提议，我们都到一楼去，那里人多，热闹。

"好。"大家都很赞同。

于是，我们来到一楼。

小石坐在歌台上，伍音也在旁边坐下来，并和小石小声交谈，大概是从专业的角度提出建议。

伍音忽然大声说："各位朋友，下面由小石演唱一首湘西古老的民歌《藤与树》，是表现爱情的坚贞不渝。现在的年轻人闪婚、闪离的太多了，听听这首歌，大家肯定会感动得要死要活！"

掌声、欢呼声，还有口哨声，此起彼伏。

小石长发一甩，边弹吉他边唱起来。歌词只有四句："进山看见藤缠树，出山看见树缠藤。藤死树生缠到死，树死藤生死也缠。"小石先用男声唱，再用女声唱，听众倘若闭上眼睛，一定会认为是一男一女在合作演出。歌词形象、生动，有感染力，曲子虽是多少代流传下来的，但因作了改进和调整，新意盎然。

伍音坐在旁边打着拍子，不时地点头微笑。

我轻声对身边的同伴说："这歌好呵，可让小石参加'农民音乐会'。"

"对。伍音让我们到现场，为的是我们将来投个赞成票。"

我听人说过，沱江两岸的酒吧，歌手的队伍很庞大，真有人遇到伯乐，唱红了歌坛。也许小石是个幸运儿，今夜会让他终生难忘。

小石唱了好多支歌。

伍音也忍不住引吭高歌一曲，由小石弹吉他伴奏。

萍水相逢，短暂旅途亦如家。

夜渐深，明日还有采风任务，告别"守望梦"，我们回到宾馆。

半个月后，我们回到北京。

首都电视台的"农民音乐会"，按程序紧锣密鼓地进行。小石演唱的《藤与树》，入选了。

在离现场直播音乐会还有十天时，按规定所有参加节目的人必须进京排练、走场、试镜头。

伍音突然打电话告诉我，小石来不了！一是因他父亲早已过世，他又是独子，家有一个瘫痪在床的母亲，白天离不开人，夜里到酒吧去工作，还得请邻居帮忙照顾；二是"守望梦"酒吧离不开他这个台柱子，他一走，生意马上会冷淡下来，店主老杨说，如果小石要请假，以后就别在这里上班了。

"这也许是小石成为一个明星的好机会，但他只能守着家，守着'守望梦'酒吧讨生活。唉——"

伍音说完，长长地叹了一口气……

翦 剪

转眼到了 1971 年的深冬，北风卷地白草折，雪花疏一阵密一阵，无边的森冷利若针砭。

翦剪枯坐在家中的小客厅，望着墙上的挂钟，临近子夜了。他长叹一口气，自言自语："苦寒如铁呵。"

老婆和孩子早入梦乡，他却愁得毫无睡意，且夜夜如此。一个理发师，在湘中方言中称之为"剃头匠"，既不是做官的，又不是知识分子，靠的是手上的功夫吃饭，"文化大革命"不管怎么闹，也不会触及他的身体和灵魂。老婆问他："你有什么可愁的？"他愤愤不平地说："愁的是荒废了我的好手艺！"

翦剪已过不惑之年，是湘楚市大名鼎鼎的华佳理发馆的理发师，他又是所有理发师中的翘楚。他原先的姓名是翦俭，大家都觉得"俭"和"剪"谐音，他干理发又离不开推剪、长嘴剪，何不叫"翦剪"？他粲然一笑："遵命。"

华佳理发馆门面气派，店堂宽敞，而且是两层。一楼是男部，专为男宾服务；二楼是女部，只为女宾剪发、烫发。它并不跻身城中繁华的街市，而是谦逊地立于相对偏僻的湘江边，正如宋词中的句子所写："蓦然回首，那人却在灯火阑珊处。"但它声名远播，成为人们的谈资。一是在此汇集了一批手艺精良的理发师，剃、剪、刮、洗、烫，让每个顾客从这里走出去必面目一新。二是这里坚守传统的服务质量，决不敷衍潦草，比如给男宾理发，前后所用毛巾必是八条，女宾烫发的卷杠不少于四十五根。三是价格高，男宾无论光头、平头、西式头，理一个五角；女宾烫发，两元一位。在二十世纪五六十年代，一般理发店的价格，不过是这里的二分之一，甚至是三分之一。讲究发型的顾客视此处为首选，当然是一些有身份的人。女部尤其热闹，来的多是女官员、女学者、女演员。

翦剪先在男部供职，因为在烫发上有独到的功夫，便"更上一层楼"，从一楼的店堂调到二楼的女部。他给女宾烫发，根据头型、脸型、头发疏密、客人爱好，确定基本的发型后，然后凭借一个吹风机、一把滚刷，不用电夹、卷杠，不打发胶发蜡，靠着调节吹风的强弱和温度，再加手上滚刷弧度和方向的自如摆弄，让一丛丛的波浪卷发逐一凸现，又时髦又好看。

女宾可上这里来，也可邀约理发师上门服务，价格自然更贵一些。翦剪为人谦和，手艺精湛，叫他上门去烫发的络绎不绝。本市侨联的副主席茹纤纤，就说她这个头的烫发，只交给翦剪打理，别人她信不过！

茹纤纤的父亲是美国的资深华侨领袖和著名企业家，她在解放前就到国内来读书，然后秘密加入了共产党，从事地下工作，解放后在侨联任职。她对外贸业务很熟悉，人也长得漂亮，很喜欢烫发。每当翦剪上门服务，多是星期天上午，茹纤纤必让先生老陈亲手煮咖啡招待，大家一起聊聊天后，她再坐到大立镜前去。茹纤纤比翦剪年长十几岁，翦剪称她为"茹大姐"，她则亲切地称他为"小翦"。

"小翦，你有绝活，'手盘扁卷''空心卷''徒手刷波浪''无声吹风'，别人难及。"

"谢谢茹大姐夸奖。"

"我老了呵，头上已有星星点点的白发了。"

"你工作辛苦，要多休息。"

"本地产品的出口，只能通过广州去香港，再转运其他国家。国家穷，需要外汇，我急得上火哩。每次请你来烫发，我就特别开心。"

"我也很高兴。"

茹纤纤一个月烫一次发，从春到冬，翦剪一年十二次上门。到 1966 年初夏，茹纤纤年届花甲，退休了。翦剪也四十有三，额头上有了细细的皱纹。

一群红卫兵戴着红袖章，喊着口号，突然闯进了华佳理发馆，将里里外外贴满了大字报。接着又勒令不准为男宾、女宾理奇形异发或烫发，上班不许，下班后也不许。因为这是剥削阶级的享受，劳动人民不搞这一套。更是严禁上门服务，理发师不是任人使唤的奴仆！

理发馆取消了女部，烫发的项目没有了。楼上楼下只有大众化的理发、剪发和洗头，价格也与其他理发店相同。翦剪的好手艺，不需要用在烫发上了，只能为男宾打理千篇一律的发型，光头、平头、小分头，十分钟上下一个，又快又好。

茹纤纤打电话来，请翦剪上门去为她烫发。翦剪说："茹大姐，对不起……我这里抽不开身呵，请原谅。"

"那我就上门来烫发！"

茹纤纤真的寻到这里来了，翦剪从窗口看见她的身影，赶快和同事交代几句，慌忙躲进了男卫生间。

茹纤纤问："小翦师傅在吗？"

同事说："他身体不舒服，上医院去了。"

茹纤纤瞪着眼睛扫了一遍店堂，然后气呼呼地走了。

翦剪心里很难过。

一眨眼五年过去了。

壁上的挂钟，清脆地敲了十二下。翦剪想：该去睡了。

大门忽然急急地敲响，翦剪心一惊，赶忙去开门。

进来的是茹纤纤的先生老陈，一头蓬乱的头发上，沾着点点雪花，不到七十岁的他显得很衰老。老陈顺手关上门，老泪哗地流了下来。

"小翦，茹纤纤患胃癌，熬了几年，快不行了。"

"呵，我应该去看看茹大姐。"

"我深夜来访，是要请你帮个忙。你知道她喜欢烫发，这几年到处没这个项目，她很伤心。她总念叨着小翦，只想你为她烫个发，再美美地告别人世。这很让你为难，但我还是硬着头皮来了。"

翦剪猛地一掌拍在胸口，满眼是泪，然后哽哽咽咽地说："陈先生，待我收拾工具，跟你一起去，我要为茹大姐好好烫个发。只是有个请求，我不能收费。"

……

几天后，茹纤纤魂归道山。老陈没有通知任何人，送别的只有他和儿孙。

接着，理发馆负责人知道了翦剪为人烫发的事，严厉地处罚了他：离开店堂不再为人理发，到小锅炉间去烧开水、热水。翦剪平淡地说："我已无什么遗憾，当火头军并不丢人。"

金络渡

　　这条奔淌在湖南省东部大山中的河，叫野马河。嵌在野马河中段南北相对的两个小渡口，都叫金络渡。金络渡的摆渡人，叫钟水生。

　　钟水生五十好几了，大脸盘黑里透红，身板宽厚、挺直，威武哩。只是短发间泛出星星白霜，透现出他些许"老"的消息。

　　日子如流水，他高中毕业后入伍去当了四年海军，转业到地方本可以在城里安排工作，却自愿回老家来摆渡，一口气当了三十年的"河军"！

　　这个县原本偏僻，还穷，而这块地方又是县城中的最冷清处。野马河上不可能花大钱去架一座钢筋水泥桥，但河两岸总有人要来来往往，于是金络渡就成了一个常设机构。摆渡人是由镇政府聘请的合同工，按月发工资。乘客过河不需要付钱，也算是一种福利。在三十年前，钟水生每月工资七十元，随着生活水平的逐渐提高，隔几年镇政府会给他加一次工资，眼下也就每月一千元。但每年全镇评"五好农民家庭"，钟水生的家总是满票上红榜。他的爹娘，他的老婆和孩子，都把农活、家务活包揽了，让他一门心思当好早出晚归的摆渡人。每早吃过饭出门，爹总是嘱咐他："家里的事，你不要操心。你就当好摆渡人，代我们全家人去感恩。"他每一次听了，都会落泪，都会连连点头。然后，带上老婆给他准备的干粮和茶水（中饭在船上吃），匆匆上路赶往渡口。

又是莺飞草长的春天。

野马河上的雾气，渐薄渐淡，太阳忽地从云缝中挤了出来，露出一张热情的笑脸。隔河相对的南北两个渡口，这时候都静了下来。赶集的，上学的，走亲戚的，你来我往，去了自己应去的地方。

钟水生把渡船泊在南岸的河滩边，看了看手机上的时间，正是上午十点钟。他从舱板下拿出一个拖把，在河水中使劲鼓捣几下，再提起来拧干水，开始擦洗船头上、船舷上、船舱里的泥巴脚印。野马河不宽，但水流得很急，河滩一年四季潮乎乎的。不管是穿鞋的还是打赤脚的，都得走过这段上十米的河滩路，才能上船。从早上六点钟到现在，渡船穿梭般一来一去，渡人多少，便留下多少双沾泥巴的脚印。但他知道，上年纪的老人和学生伢妹子的鞋都不会沾上泥巴，因为是他一个一个背上船的。

钟水生除了寒冬腊月穿长筒套鞋外，其余的季节都是一双赤脚，裤管高高卷起。当所有的人上船后，他洗干净脚上的泥巴，在船尾操起双桨，高喊一声："坐稳了哟——开船了！"渡船便离开渡口，稳稳地驶向对岸。

这一幕旷日持久，又平常又真切。

老人说："水生呀，我的儿孙都没你这样耐得烦。"

小学生说："穿再漂亮的鞋子，也不会弄脏，谢谢钟爷爷。"

钟水生灿烂地笑了，说："应该的，应该的。我小时候上学和回家，都是由摆渡人背来背去的，我是比着他的样子学哩。"

有人问："那个摆渡人是谁呀？"

"他叫宫子山。我叫他宫大爷。"

"你已五十出头，宫大爷该过九十了？"

"他老人家不在了。三十年前的那个春天，野马河发大水。他为救一个坐船不慎落水的妇女，卷进了一个大漩涡里……那个被救起的人，就是我娘。那一年，宫大爷六十五岁，我二十二岁。"

……

钟水生把渡船弄得干干净净，然后坐在船头抽烟、喝茶。阳光下，他的影子凝然不动。他听着河水流动的声音，又想起了他高中毕业后去参军，分配到一艘潜艇上当水兵。潜艇像一尾深水鱼，常在海洋深处穿梭，来无踪，去无影，不出头，不露面，是真正的隐形者。

一次在潜望镜里，他看见一条刚死去的鲸鱼，庞大的尸体慢慢沉入海底，很凄美，也很惊心动魄。后来艇长告诉他，死去的鲸鱼，会创造出一整套完整的生态系统，可以维持上百种无脊椎动物生存几十年甚至上百年，是寂寞海底最温馨的"绿洲"。动物学家把这个悲壮的过程，叫作"鲸落"。

钟水生说："这正如英雄故去，他的精神不死，会滋养一代一代的后继者！"

艇长说："对！"

钟水生尽心尽责地当了四年水兵。转业的时候，摆渡人宫大爷为救他娘，牺牲了。宫大爷被授予"烈士"称号，他们全家人在追悼会场痛哭失声。钟水生的爹对他说："你回老家来吧，当摆渡人。人家嫌这工作不赚钱，还又苦又累，镇政府着急找不到合适的人。为了你娘捡回一条命，为了死去的宫大爷，为了过河的父老乡亲，你必须做这件事！"

钟水生说："我愿意。"

桨声里的野马河，流了三十年，涨潮退潮，周而复始。

钟水生知道，他也会有划不动船的那一天，好在他有两个儿子，都在本乡本土做泥工、木工，都很乐意做摆渡人，谁来由他说了算。

想到这里，钟水生不由得仰天打了个哈哈。

河岸上忽然有人喊："摆渡的，我要过河！"

钟水生抬眼一望，是个三十多岁的中年人，手提一个大公文包，西装西裤一色白，黑衬衣上系一根红领带，一双黑皮鞋贼亮贼亮。他站在河滩那一端，头昂得高高的。

"要过河？走过来上船！"

"我是去镇政府谈投资的，这烂泥巴路怎么走？麻烦你背我过去，我付钱就是。"

钟水生说："你既是来这里投资的，虽不是老人、小孩，我破例背你一次。"

钟水生赤脚下船，走过河滩，蹲下来，背起中年人。离船还有四五米远时，中年人嘀咕了一句："真是有钱能使鬼推磨。"话音未落，钟水生双手一松，腰一挺，把中年人丢在烂泥里，火爆爆地说："背人上船，我从不收钱，你也是。你有钱，去找鬼推磨吧。"

中年人跌得一身是泥，气得大喊大叫。

钟水生大步走向渡船。

这时候，河对岸有人招手、喊话，是有人要过河到南岸来。

钟水生操起桨，让空空的船飞快地过河去了。

一河波浪，在阳光下，闪着金子般的光泽。

忽然有一天，省报记者到这个县来采写脱贫攻坚的新闻，无意中听说了钟水生和金络渡的故事，于是，兴致勃勃实地采访后，写了一篇人物特写在报上登载，题目是《鲸落金络渡》。

后　记

　　去年秋，拙著笔记小说集《花草之眼》，在百花洲文艺出版社出版，蒙责编李梦琦、李晗钰二位女史辛苦操持，十分铭感。今年秋仍是笔记小说集《百姓影像》行将付梓，梦琦女史发微信来嘱写一篇后记。这些日子株洲一直是难耐的高温天气，年衰禁足家中，在空调的凉意中，读一些闲书，最爱读的是清人纪晓岚的《阅微草堂笔记》。于是撷来"笔记、小说、笔记小说"几个词语，衍生出一些权当后记的文字。

　　先说"笔记"，此语最早见于《南齐书·丘巨源传》："笔记贱伎，非杀活所待。"南北朝时，崇尚骈俪之文，称注重辞藻、讲究声韵并对偶的文章为"文"，而信笔记录的散行文字称为"笔"。梁朝刘勰《文心雕龙·总术》说："今之常言，有文有笔，以为无韵者笔也，有韵者文也。"

　　再说"小说"，这一名称最早见于《庄子·外物》："饰小说以干县令，其于大达亦远矣。"庄子认为远离大道宏旨的浅薄言论，便是"小说"，和后来有人物、故事、情节的小说毫不相涉。汉代班固则把"街谈巷议，道听途说之所造"的价值不高的作品都归入"小说"一类，包括凡不是解说古贤经典文本的文字，凡琐闻、杂志、考证、辨订等不好归类的记录，都划入"小说"的范畴。

因这类文字，是信笔所记，不在辞藻、声韵、对偶上下功夫，又统称为"笔记小说"。

明朝胡应麟在《少室山房笔丛·九流绪论》中，将小说分为六类："小说家一类，又自分数种：一曰志怪，《搜神》《述异》《宣室》《酉阳》之类是也；一曰传奇，《飞燕》《太真》《崔莺》《霍玉》之类是也；一曰杂录，《世说》《语林》《琐言》《因话》之类是也；一曰丛谈，《容斋》《梦溪》《东谷》《道山》之类是也；一曰辨订，《鼠璞》《鸡肋》《资暇》《辨疑》之类是也；一曰箴规，《家训》《世范》《劝善》《省心》之类是也。"

六类中的第一类、第二类，可属后来意义上的"笔记小说"，有故事（虽简单）有人物有情节，是略具格局的短篇小说雏形；其他类中的一些写人写事的篇什，亦具备小说的某些元素和意味。这两种在内容和形式上各有侧重的笔记小说，在漫长岁月的传承和发展中，各有各的路数，各有各的弘扬与创造。

前者如魏晋时的《博物志》《搜神记》，南北朝的《异苑》《续齐谐记》，唐代的《玄怪录》《甘泽谣》《酉阳杂俎》，宋代的《稽神录》《夷坚志》；金、元时的《续夷坚志》《诚斋杂记》《琅嬛记》，明代的《涉异志》《剪灯新话》《何氏语林》，清代的《聊斋志异》《今世说》。

后者虽亦写人写事，但着重点不在"故事"，而在于一种文化氛围的营造，一种人物文化品格的凸显，行文更像是散文，或如汪曾祺所称的"散文化的小说"，如《世说新语》《荆楚岁时记》《封氏闻见记》《归田录》《阅微草堂笔记》等。

在清代，有两位笔记小说大家：蒲松龄、纪昀。他们的代表作分别为：《聊斋志异》和《阅微草堂笔记》。著名学者刘叶秋说："清代小说故事类的笔记，继承魏晋志怪、唐宋传奇的传统，又受到明传奇和市民文学的一定影响，表现出总结性的成就。其中兼志怪、传奇两体之长的《聊斋志异》，是最具代表性的优秀作品。摹拟魏晋志怪、偏重议论的《阅微草堂笔记》，为这种小说的另一类型。"（《历代笔记概述》）

蒲松龄极富才情，小说之外，散文、诗词、学术、书法，皆有很深的造诣。《聊斋志异》中的篇什，内容虽不外神仙狐鬼女魅花妖的种种情状，却对当时的现实生活具有观照作用。在写作技巧上，想象丰富，情节曲折，故事集中，所塑造的各种各样的人物，大多形象生动，有血有肉，成为堪称完美的短篇小说典范。

而纪昀的《阅微草堂笔记》，此中除纯粹的学术随笔之外，写人写故事的笔记小说，却并不下力于情节的波澜起伏、峰回路转，而是营造出一种文化气象，下笔随意而从容，却能做到"词断意连"，摇曳多姿。

纪昀不甚满意《聊斋志异》，认为其以一书而兼志怪、传奇两体，非自叙的文字而描写隐微，不合情理。此论见盛时彦为纪昀《姑妄听之》所作的跋，这可看作是纪昀的一己之见。但《聊斋志异》与《阅微草堂笔记》，代表了清代拟晋唐小说的两种不同倾向和类型，且皆有影响，这是不争的事实。

许多年前，我读过女作家柳溪的一篇文章，柳溪谈到她访孙犁时，问及孙犁对蒲作和纪作的看法，孙犁曾说他喜欢的还是《阅微草堂笔记》，因为其文体少有刻意的痕迹，故事、情节、人物在安排上更生活化一些。鲁迅在《中国小说史略》中，认为纪昀"故与《聊斋》之取法传奇途径自殊"，他说："唯纪昀本长文笔，多见秘书，又襟怀夷旷，故凡测鬼神之情状，发人间之幽微，托狐鬼以抒己见者，隽思妙语，时足解颐；间杂考辨，亦有灼见。叙述复雍容淡雅，天趣盎然，故后来无人能夺其席，固非仅借位高望重以传者矣。"

自蒲松龄、纪昀之后，这两种形态的笔记小说，皆有其文脉传承，后继者多矣。

自二十世纪八十年代始，春秋轮换至当下，在中国文坛，钟情于笔记小说写作的作家，一拨接一拨，汪曾祺、冯骥才、孙方友……数不胜数，他们的艺术主张和格局，异彩纷呈，令我钦服，只能亦步亦趋，努力学之。

我在书案上摊开的《阅微草堂笔记》之侧，信笔写下这个后记。

窗外，秋风飒飒，蝉声断续。

聂鑫森于湖南株洲无暇居

百姓
影像